古典文獻研究輯刊

二 編

曾永義 主編

第4冊

六朝文論中的自然觀

呂素端 著

國家圖書館出版品預行編目資料

六朝文論中的自然觀／呂素端 著 — 初版 — 新北市：花木蘭
文化出版社，2011〔民 100〕

序 2+ 目 2+144 面；19×26 公分

（古典文學研究輯刊 二編：第 4 冊）

ISBN：978-986-254-491-4（精裝）

1. 六朝文學 2. 魏晉南北朝哲學 3. 文學評論

820.8   100000954

ISBN-978-986-254-491-4

9 789862 544914

古典文學研究輯刊

二 編 第 四 冊   ISBN：978-986-254-491-4

六朝文論中的自然觀

作　　者　呂素端
主　　編　曾永義
總 編 輯　杜潔祥
出　　版　花木蘭文化出版社
發 行 所　花木蘭文化出版社
發 行 人　高小娟
聯絡地址　新北市永和區中正路五九五號七樓之三
　　　　　電話：02-2923-1455 ／傳眞：02-2923-1452
網　　址　http://www.huamulan.tw 信箱 sut81518@ms59.hinet.net
印　　刷　普羅文化出版廣告事業
初　　版　2011 年 3 月
定　　價　二編 30 冊（精裝）新台幣 48,000 元

六朝文論中的自然觀

呂素端　著

作者簡介

呂素端，彰化人，現居臺北市南港區；1990年畢業於淡江大學，獲學士學位；1994年畢業於中央大學，獲碩士學位；2002年畢業於臺灣大學，獲博士學位；現為靜宜大學中國文學系副教授；研究興趣為小說、文學理論及批評，現致力於中西敘事理論、古典與現代小說之研究。

提　　要

　　本文所探究的主要問題為：（一）在六朝文論中，「自然」一詞指的是什麼？（二）這樣的文藝自然觀何以會產生在六朝？（三）它在文學研究中的意義？

　　在六朝文論中，「自然」一詞的基本意義是指事物的本性或本真，有時亦含規律義，由此引而申之，「自然」亦指文學規律之內在秩序的「必然」，與指遵循文學本性而來的審美效果，上舉四義，皆六朝文論中，「自然」一詞的專用義，可見六朝文論家相當重視事物本性義的「自然」。表現在理論體系中，形上論部分，「道」為形上根源，本身不能被分析與證實，「自然」為「道」的性質，透過「自然」使「道」具有真實的意涵；本體論部分，劉勰以「心生而言立，言立而文明」來規定文學的本性，為文學創作是否自然建立了一個辨識標準；創作論部分，六朝文論家相當關注每個過程之創作本性的提出，包括感物活動、文學表現、文章風格塑造與文學通變等四部分的創作本性；批評論部分，主要以梁時劉勰與鍾嶸為代表，劉勰的理論比較重視文學批評本性的提出，而鍾嶸則側重於遵循文學本性而來的審美效果的提出。

　　劉勰以人文存在規律來規定文學的本性，而其所主張的人文存在規律，以文學本身不得不然的觀點視之，自有其合理性，非人為力量矯造而得，故具有客觀性。而這樣的文藝自然觀何以會產生在六朝呢？此與六朝強烈的客觀精神有關，同時六朝思想界也非常強調事物本性義與宇宙規律義的「自然」。

　　強烈的客觀意識，雖然不是我國文論傳統的特色，但它卻標示出中國文論整個發展的可能方向與目標，而這個方向與目標，對現代的科學精神來說，無疑是一致的，因為科學精神就是講究客觀，故本論文的研究價值，在這個意義上，乃是以自然角度來再度闡發六朝文論中的客觀精神面貌。

目　次

自 序

　　我原本對學術有一種想法，認為它很神聖，偏偏李師正治說：「那裏，生命才是重點」，我原本也對論文格式存著一種幻想，認為應該有個客觀的遵循依據，但是，老師也說：「都是習氣，重要的是內容」，我覺得有點破壞佳話，但卻這樣真實不虛。所以，我似乎也不應該對論文的意義，看得太過嚴重，它大概只是學習建立學術自信心的一個過程，因為既然能把一件事情講清楚，就應該相信自己能把其他許多事情也講清楚，任何的創作成果都需要一個蘊釀過程，學術研究當然也不例外。而這個學術自信心的建立，卻是在李師正治不斷地打破我既定成見下而逐漸成就，這樣說似乎有點吊詭，但卻是真真實實的，因為老師不但廓清我的成見，還有積極的建議，這才是真正讓我成長受益的地方。

　　對於口試老師的建議，有些細部問題，我大致上都作了修正，還有些牽涉比較廣泛的問題，因為時間匆促，我想另外寫文章來作討論。鄭師毓瑜的批評方式，比較傾向於去意識論文的特殊意圖與作法，並以此為基礎，進一步去考察論文有那些不足、需要澄清改善之處，以及還有那些可能的發展空間，這種批評風格，在學術界似乎頗具特色。岑師溢成則較側重在論文表達工架的批評上，從他的批評中，我體會到了論文的寫作，其詮釋的內容未必多麼深刻，但表達出來的工架至少必須是有模有樣的，可見內容與表達工架之間，未必有絕對必然的關係，岑老師是我在研究所聽課最多的老師，他對我有多方面的啟發。

　　最後我要感謝父母親對我的支持與信任，還有帶領我進入中文領域的施師懿琳，沒有他們，我不可能有機會探觸到文學世界的須彌柔情與洸洋浩博，也要感謝李師正治的細心裁正，老師們對我的諄諄教誨，以及同儕友輩的參與討論，終能使論文順利完成，謹此，深深銘感於心。由於筆者學識有限，錯誤之處仍當在所不免，懇祈博雅君子，不吝指正，以便將來改正。

甲戌年初夏　呂素端謹識於　中央中文研究所

第一章 緒 論

第一節 研究動機之說明

「自然」一詞，最早出現於先秦老莊哲學，其後就一直活躍於哲學領域，成爲一重要的哲學概念。到了魏晉時期，玄學盛行，「自然」爲當時人熱烈反思的課題，蔚爲哲學風潮。而後自然觀念流衍到各個藝術的思想領域，先是見於畫論、書論，隨後又浸潤到文論中，自此以後，倡論自然者代有其人。〔註1〕

「自然」爲六朝文論中的根本理念。六朝最先運用它來討論文學本源的問題，如〔梁〕劉勰《文心雕龍・原道》篇說：「心生而言立，言立而文明，自然之道也」，〔註2〕旨在推源人文之源於「自然之道」。在六朝，也有些文論家運用它來探索創作上的各種問題，如〔宋〕范曄〈獄中與諸甥姪書〉中說：「性別宮商，識清濁，斯自然也」，〔註3〕范曄以「自然」來說明文章聲律創作的問題；〔梁〕劉勰《文心雕龍・明詩》篇說：「人稟七情，應物斯感，感物吟志，莫非自然」，劉勰以「自然」來解釋創作之感物活動。在批評論上，有些文論家也將他們的見解與「自然」觀念相關起來，如鍾嶸《詩品・序》

〔註1〕 自然概念在各思想領域的大體發展情況及引証，請參見蔡鐘翔、黃保眞、成復旺合著，《中國文學理論史》，（北京：北京出版社，1978 年），一版，第一冊，頁 247。

〔註2〕 請參見范文瀾撰，《文心雕龍注》（臺北：臺灣開明書店，1985 年），臺十六版，卷一頁 1 上。以下引用《文心雕龍》一書的原文，皆以此書爲準，不再註明出處。

〔註3〕 請參見〔清〕嚴可均校輯，《全上古三代秦漢三國六朝文》（北京：中華書局，1958 年），全宋文卷一五，頁 11。

上說：「自然英旨，罕值其人」；〔註4〕又如〔唐〕李延壽《南史·顏延之列傳》引鮑照語說：「延之嘗問鮑照，己與靈運優劣，照曰：『謝五言如初發芙蓉，自然可愛，君詩若鋪錦列繡，亦雕績滿眼』」〔註5〕等，皆是「自然」觀念運用於批評活動之例證。由此可見，六朝文論中的「自然」觀念，同時關涉了文學之本源論、創作論與批評論，實為六朝文藝思想中的根本理念。

　　所以選定「六朝文論中的自然觀」為題，主要有下列五點理由：

（一）六朝思想特質有強烈的客觀精神，本文試圖以「自然」角度來再度闡發六朝文論中的客觀精神是什麼？現代人也十分重視客觀精神，基於古典與現代之會通立場言，筆者認為，「自然」不失為是一能溝通古今文化生命的研究論題。

（二）在六朝文論，「自然」觀念同時關涉到文學的本源論、創作論與批評論三個部分，在理論的建構上也堪稱完備，因此，本文試圖用「自然」這個觀點來重新架構整個文學理論的體系。「自然」既為文藝思想的根本理念，故筆者從自然觀點來研究六朝的文藝思想，應該可以對六朝的文藝思想有比較基礎而深刻的掌握。

（三）「自然」為文藝思想界的共法，它最早出現在六朝，而且在六朝文論中，「自然」觀念體系完備，籠罩後代，〔註6〕如果從文論自然觀念史研究的角度來看，六朝文論中的自然觀念，不失為一個研究的重要據點。

（四）就文學與哲學的會通言，「自然」乃是介於文學與哲學之間的觀念，如果文論家有意識地想要提高其文藝思想的哲學層次，就必須借助當時哲學的思想成果。而「自然」成為六朝文論的根本理念，就是把文藝思想提高到哲學層次來予以討論的重要線索。因此，想要了解六朝文論家如何哲學地來思考文學研究上的各種問題，由「自然」觀念來著手不失為是一重要的線索。

（五）就學術研究的觀點來看，到目前已經發表的，筆者所能看到的論文中，六朝文論中自然觀念的斷代研究，還沒有人研究，主要是集中

〔註 4〕請參見王叔岷撰，《鍾嶸詩品箋證稿》（臺北：中研院中國文哲研究所，1992年），一版，頁 97。

〔註 5〕請參見〔唐〕李延壽，《南史》（臺北：鼎文書局，1976 年），卷三四，頁 881。

〔註 6〕請參考顏崑陽撰，〈自然〉，《文訊月刊》十九期（臺北：文訊月刊雜誌社，1985年），頁 310～312。

於專家的研究，故筆者想以「六朝文論中的自然觀」為題，對六朝文論中的自然觀念作一全面的考察。基於以上四點理由，筆者將以此為題，希望能為六朝文論中的自然觀念建構一理論架構，條理地說明「在六朝文論中，『自然』一詞指的是什麼？」。

第二節　研究資料之限制

六朝兩本公認最有代表性的文論專著，是〔梁〕劉勰撰《文心雕龍》與梁鍾嶸著《詩品》。他們共同關心的文學課題是「怎樣指導創作？」，面對這樣的問題，他們一致的看法是「文學創作應該要自然」，這樣一來，文學應該怎樣創作才自然？他們一致的作法是：從文學創作的本源處來掌握，這殆與當時追探本源的思想風氣有關。鍾嶸《詩品・序》說：「至乎吟詠情性，亦何貴於用事」，又說：「氣之動物，物之感人，故搖蕩性情，形諸舞詠」，〔註7〕這個「氣」可以追溯到漢代陰陽氣化的宇宙觀，在氣化宇宙論下，萬物的生成變化皆來自於陰陽之氣的變化，同氣可以相求，同類可以相感，這說明了詩人情感發生的原因，也說明了詩人情感的發生是自然而然的。

劉勰的作法，則是以「自然」觀念來指出或確立文學的創作規律，〈原道〉篇說：「心生而言立，言立而文明，自然之道也」，這裏「心生而言立，言立而文明」為劉勰所主張的文學創作規律，劉勰進一步將此一文學創作規律推源於「自然之道」。「道」在當時的共通用法為萬物之所由，乃根源的根源，用我們現代的話來說，可以稱之為終極根據，具有形上的性質。「自然」一詞是將「道」的性質提到前面來作修飾，這裏的「自然」一詞，是指文學創作的本性或本質。可見劉勰是以宇宙規律來規定文學創作的本性或本真，而此一文學的創作規律不但指出創作的內在根源「心生」，也含蓋了創作的過程「言立」與過程的完成「文明」，由此來建立足以統攝整個創作活動的文學本體論。

鍾嶸由於對文學本源上的掌握，使他的創作理論與批評理論都有一個統攝的依據，就如萬變不離其宗一般。如他在用事、聲律方面的自然觀，基本上，都可以從他所主張創作的本源理念處來得到疏通或釐清。但是，此一文學本體之建立，卻無法彌綸許多創作上的問題，例如，文學創作必須以語言文字來作為表達或表現的媒介，這樣一來，所有關於運用語言文字的創作技

〔註7〕同註4，頁93、47。

巧上的問題，鍾嶸所建立的本體論皆不能兼顧，使其創作與批評方面的理論
見解流於零星片斷，這也是中國文論的一個通病。劉勰的文藝思想，不但彌
縫了他之前重要文論家的見解，而且很有自覺地建立起文論體系，所以他的
文學本體論自然比鍾嶸要完備得多，劉勰的文學本體論可以將他在創作上與
批評上的看法，巨細彌遺地架構起來，成為一嚴密的理論體系。

　　由上面的分析，可知劉勰與鍾嶸在文學本體論的建構上都很有貢獻，但
是把「自然」與「道」關聯起來，相關到形上層次來討論者，在六朝文論界
只有劉勰一人。故本文第三章第一節關於「文學存在的形上根據」的討論，
就不得不以劉勰為主要探討對象。而第三章第二節「文采存在的自然觀」的
討論，主要是針對文學本體論的建立言，關於這個部分，將會涉及劉勰與鍾
嶸兩人的看法，不過仍以劉勰的看法為側重，這是基於資料的客觀限制，而
不得不如此。第四章「六朝文論中創作的自然觀」的討論，關於這個部分，
將會涉及六朝更多文論家的看法。這些看法中，有的直接與自然觀念關聯起
來討論，有的雖未與自然觀念直接關聯，但透過劉勰文論體系，可以與自然
觀念產生某種程度的關聯。這些文論家的自然觀念或流於零星片斷，但統攝
到劉勰的創作理論中，則益顯其條理與層次井然，因此，這章的討論仍以劉
勰創作體系為論述綱領。關於第五章「六朝文論中批評的自然觀」的討論，
主要是以劉勰與鍾嶸的看法為代表，劉勰與鍾嶸二人皆有建立批評理論的自
覺。因為鍾嶸批評的自然觀非劉勰文論體系所能融攝，故本章將兩人的看法
並立兩節，分開討論。

　　總的來說，探究六朝文論中的自然觀念，不得不以劉勰的見解為理論綱
領，這是一個不得不然的限制。因為文論中的自然觀念到了劉勰已發展到足
以系統陳述的地步，因此，我們不得不正視自然觀念本身所展現的系統脈絡，
而且劉勰又有彌縫以前各家見解的理論體系，故在資料的運用上，不可避免
地必須以劉勰《文心雕龍》一書為中心。從事古典的研究，對於原典的掌握
當然十分重要，筆者除了上面已針對本論文研究資料的處理，作了必要的說
明外，另外，在六朝文論方面也有許多輯佚鉤沈的成果可資援用，〔註8〕可以

〔註 8〕請參考饒宗頤著〈六朝文論摭佚〉一文，收錄於《文轍》（臺北：臺灣學生書
　　　　局，1991 年），初版，上冊，頁 409～419。王更生撰〈魏晉六朝文論佚書鈎
　　　　沈〉，《幼獅學誌》，十五卷三期（臺北：幼獅學店，1979 年 6 月），頁 112～
　　　　132。劉渼著《魏晉南北朝文論佚書鈎沈》，國立臺灣師範大學國文研究所碩
　　　　士論文，王更生先生指導，1990 年 6 月。

幫助研究者掌握更充分的原典資料。對於與本文研究主題主要相關的學界研究成果，將在本章第三節中有所說明，主要是針對歷來的研究成果，檢討本論文可能的研究方向，確立本論文的研究方法，預期所欲獲致的研究成果。

第三節　研究方法與研究成果

　　有關自然觀念的研究，零星的論文除外，到目前已經發表的，筆者所能看到的，只有 1962 年日本小尾郊一、德國顧彬（Wolfgang Kubin）、林朝成與張霖等人的專著，小尾郊一與顧彬都把文學中的「自然」看作是自然界的「自然」，〔註 9〕這種「自然」觀念，在文學創作中，主要是作爲創作的素材，或是興發文人情感的媒介，因此，他們針對的問題乃在於「在文學中怎樣描繪大自然？」的問題。這種研究觀點，也影響到後來自然觀念的研究，如 1983年興膳宏先生撰〈《文心雕龍》的自然觀——探本溯源〉〔註 10〕一文，即是其例。因爲本文所追問的問題是「在六朝文論中，『自然』一詞指的是什麼？」，所以採取這樣的觀點來研究就會不相應，因爲這種含義的「自然」在六朝思想界中非常地少見，甚至可以說未曾出現，在文論界中尤其是如此。〔註 11〕

　　張霖先生的碩士論文，則主要斷代在宋代。他的核心問題是「文學創作怎樣才是自然？」，論文的重心則環繞在「意」、「法」概念上來作辯證。〔註 12〕這種自然觀的「自然」，主要是側重在創作論上來論「自然」。而林朝成先生的博士論文，則主要把魏晉玄學中「自然」當作是一後設概念，〔註 13〕雖然是針對魏晉玄學所作的論斷，然亦有助於文論中自然觀念的理解。林氏在這篇論文中，雖以《魏玄學的自然觀與自然美學研究》爲題，實則他在「自然美學」方

〔註 9〕　筆者並未見小尾郊一之著作，但據顧彬《中國文人的自然觀》一書的「引言」中所論，可以推知他們兩人所論的「自然」都是指「自然」界的「自然」。《中國文人的自然觀》，馬樹德譯（上海：上海人民出版社，1990 年），一版，頁1～3。

〔註 10〕　〈《文心雕龍》的自然觀——探本溯源〉，興膳宏撰，彭恩華譯，收在《日本研究文心雕龍論文集》一書，王元化編選（濟南：齊魯書社，1983 年），一版。

〔註 11〕　請參考徐復觀著，〈自然與文學的根源問題〉，收在《中國文學論集》一書（臺北：臺灣學生書局，1990 年），五版，頁390。

〔註 12〕　請參考張霖撰，《宋代詩學創作之自然觀研究》，國立中央大學中文研究所碩士論文，張夢機先生指導，1992 年 6 月，頁10。

〔註 13〕　請參考林朝成撰，《魏晉玄學的自然觀與自然美學研究》，台灣大學哲學研究所博士論文，嚴靈峰、張永儁先生指導，1992 年 6 月，頁11。

面的研究，主要的側面重點並不在文論領域，而是在樂論與畫論等藝術領域。

　　還有一些單篇的論文，這些單篇論文中，有的專以劉勰的自然觀念爲研究對象，如 1986 年馮春田先生著〈劉勰的自然觀點及其文學理論〉、1989 年曹礎基先生著〈劉勰自然論試論〉等，這兩篇論文都對劉勰的自然觀念作了初步的整體考察。馮氏認爲，「自然」爲劉勰文論的根本觀念，〔註14〕在他的論文中，他將自然觀念分別與劉勰對創作論、批評論上一些主題的看法相關起來，但對「自然」一詞的確切意義，對「自然」觀念如何與劉勰的看法關聯起來，都未作出說明。曹氏在他的論文中，則稍稍涉及了劉勰某些隱而不顯的自然觀念。所謂「隱而不顯」，是指劉勰雖未在字面直接標出「自然」二字，但其中卻隱含或預設了自然觀念，如「入興貴閑」的「閑」字，與「陶鈞文思，貴在虛靜」的「虛靜」二字，〔註15〕但曹氏對於「虛靜」與「閑」如何與「自然」觀念關聯起來，則未有明確的說明。

　　有的則專以劉勰〈原道〉篇的「自然之道」爲討論對象，如 1983 年蔡鐘翔先生撰〈論劉勰的「自然之道」〉、1990 年徐復觀先生撰〈自然與文學的根源問題〉、1992 年卓支中先生著〈劉勰的自然與自然之道說淺探〉等篇論文。六朝文學形上理論的建立，殆可視爲是六朝文論自然觀的一大特點，〔註16〕故討論者夥。徐氏在〈自然與文學的根源問題〉一文中，列舉了三個理由來說明劉勰「自然之道」的「自然」，不是指「自然界」的「自然」，〔註17〕徐氏這種說法，正可加強筆者前面的論點。蔡氏又將自然之道視爲具「客觀必

〔註14〕收在《東岳論叢》二期（濟南：山東人民出版社，1986 年），頁 88。

〔註15〕請參考《文心雕龍研究薈萃》一書，饒芃子主編（上海：上海書店，1992 年），一版，頁 384～385。

〔註16〕顏崑陽先生〈自然〉一文中，曾總結「自然」一詞在文論上的含義，大致有四：（一）用以描述文學之實現原理；（二）用以描述文學對象「自己如此」之眞實相；（三）用以描述文學主體心靈情性之不假造作；（四）用以描述文學語言形式之不假雕飾或雕飾而復歸自然。……在《文心雕龍》中，從形上的實現原理，到文學對象，到主體情性，到語言形式，皆以「自然」爲律則，諸義兼備，體系完整。後世在發展上，則大多偏重上述第三、四義，特別強調主體心靈情性及語言形式之自然。假如上面的概括說法成立，據此可以推論出六朝文論中自然觀的特點，即在形上理論的建立上。請參考同註 6，頁 310～311。

〔註17〕請參考同註 11。徐氏又把〈原道〉篇所用的兩「自然」，與〈明詩〉篇的「莫非自然」，解釋爲常語中的「自然」（頁 391），這樣一來，劉勰「自然」觀念可能蘊含的豐富哲學意涵必然蕩然無存，恐怕這不是最好的理解方式。

然性、規律性」。〔註18〕而卓氏則認爲，劉勰所謂的「自然之道」是指客觀存在的必然規律。〔註19〕這二人雖都提出了他們的看法，卻都未加論證，令人莫明所以。

　　有些則針對文論中「自然」觀念作了整體的概述，如 1985 年顏崑陽先生著〈自然〉、1989 年高美華先生著〈試論中國文學理論中的自然〉等篇論文。高氏的論文主要是從創作論立場，側重討論文章「意象上的自然」與「語言文字上的自然」，〔註20〕這反映了中國傳統文論以創作理論爲主要的導向。〔註21〕顏氏〈自然〉一文，除了對文論中自然觀史有一簡要的概述，並認爲「自然」一詞的意義指涉，主要有三種：

　　　　（一）非人爲之客觀物質世界，即一般所謂「自然界」；（二）物物
　　　　各自己如此之生化或存在；（三）無造作之心靈境界。而中國所謂「自
　　　　然」常指後二義。〔註22〕

其中「物物各自己如此之生化或存在」應是指宇宙的「自然」或道的「自然」。「自然」的字面意思，是指自己如此，不由外力的意思。不由外力談道、談心靈境界容易，但談文學創作與文學批評等人事上的「自然」卻不容易。這樣一來，如何才能恰當地理解六朝文論中的自然觀念呢？「方法」固然不必先於研究，在研究的過程中，方法的反省與自覺，仍然是非常有必要的。

　　鑒於以上的分析，在研究方法上，筆者採用下列五個基本原則：

　　　　（一）分析與論證所使用語詞的確切含義，並說明文論家所主張的看法與
　　　　　　　「自然」觀念之間的內在關聯，看看六朝的文論家是如何把「自然」
　　　　　　　觀念應用於文學課題的探索？〔註23〕

　　　　（二）筆者將以先秦老莊與魏晉玄學的自然思想爲前理解，來幫助分析與把

〔註18〕請參考《文心雕龍研究論文集》（北京：人民文學出版社，1990 年），一版，頁 369。

〔註19〕同註15，頁 190。

〔註20〕請參考高美華撰〈試論中國文學理論中的自然〉，《嘉義師院學報》二期（嘉義：省立嘉義師範學院，1989 年），頁 215～219。

〔註21〕請參考岑溢成撰，〈從虛實論看中國古代文藝理論的性格〉，《當代》四六期（臺北：合志文化事業股份有限公司，1990 年 2 月），頁 75。

〔註22〕同註6，頁 309。

〔註23〕這裏筆者所用的方法爲「解析研究法」，可參考李正治先生之博士論文，在其「諸論」中對一般常見研究法的說明。《春秋戰國禮樂思索的正反諸型》，台灣大學中文研究所博士論文，王叔岷先生指導，1990 年 1 月，頁 10。

握文論脈絡中的思考邏輯，與「自然」一詞的含義。因爲理解現代人的自然觀已屬不易，何況是理解那麼遙遠的六朝。因此，我們不能憑空去理解，必須先對當時的思想背景有所掌握。故筆者認爲，透過六朝思想背景來理解文論中的自然思想，應該是一個可行的方法。

（三）將文論中的自然思想溯源於魏晉玄學與老莊，可以說明爲什麼這樣的自然思想可以在六朝產生。而把它與魏晉的思潮關聯起來，可以對照出自然思想在六朝文藝思想中的特殊發展脈絡。

（四）儘管六朝文論中的自然觀念，已諸義兼備，蔚成一觀念系統。但至今仍沒有一篇論文將分散在各處的自然觀念，聯繫起來而加以系統地論述。對於六朝文論中自然觀念的理論建構，筆者將藉劉勰自然觀念的理論體系來整合，因爲劉勰已有理論體系的自覺，而且自然觀念在劉勰的文論中也發揮得最全面。

（五）六朝文論基本上仍是以創作論爲中心。以創作論爲中心，乃是中國傳統文藝理論的共通特色。那麼，如何去發現其中的批評理論中的自然觀念呢？除了文論家所明示的批評見解外，還可以從他們實際的「批評判斷」中來理出其批評理念。〔註24〕

基於上面的這幾點要求，筆者將文分六章來討論，第一章「緒論」，交代筆者在論文處理上的一些基本問題，包括了研究問題的提出，研究主題的確立，研究動機的說明，研究觀點的說明，研究資料的處理問題，研究的方法與預期研究成果的提出，及論題語詞的意義界定，目的在導出正文的各項討論主題，使論文得以順利開展。第二章主要爲六朝文論中自然觀提供一個思想背景，因爲「自然」乃是介於文學與哲學之間的觀念，所以從思想背景著眼，以利文學與義理會通之說明。第三章討論六朝文論中自然觀念的形上論與本體論，本章所謂「形上論」，主要是針對劉勰所提出作爲終極根據的「道」來立論。有些學者認爲形上論並非劉勰〈原道〉篇的側重點，討論它似乎並沒有太大的意義。但筆者認爲，劉勰既已提出，在其理論體系中必有其存在的意義，作爲一個理論詮釋者，就有必要給它一個安頓。況且，「自然」與「道」

〔註24〕蕭振邦〈中國美學的儒道釋倒面解讀〉一文中，提到美學家奧斯柏納（H.Osborn曾指出，欲發現理論不難，理論乃潛藏於「批評判斷」之中。本文所論的方法乃是據此而來。此文發表於《國文天地》九卷九期（臺北：萬卷樓圖書有限公司，1994年2月），頁13。

在劉勰〈原道〉篇連詞而出，若要探討劉勰文論的自然觀，就更不能不對劉勰所謂的「道」作出一個合理的安頓。而本章所謂「本體論」，主要是針對文學創作的本性與本真來立論，即劉勰所主張的文學創作規律。

第四章討論六朝文論中創作的自然觀，這章分別關涉了四個層面的問題，即文學的感物活動、文學的表現活動、作者文章風格的塑造、文學的通變思想，而其自然觀的詮釋，主要落在各個層面創作本性或本真的關切上。而此一創作本性或本真的關切，主要構成了各個創作層面的思想基礎或理論基礎。無論多麼複雜的創作理論，都必須通過這個理論基礎才能建立，可見這個理論基礎的意識、提出與說明仍然是十分重要的。第五章討論六朝文論中批評的自然觀，本章以劉勰與鍾嶸的看法爲主。劉勰批評的自然觀，仍側重在批評本性或本真的關切點上，可見劉勰理論系統的一致性。鍾嶸批評的自然觀，主要是從審美效果上來立論，與劉勰有很大的不同，故分別加以處理。總的來說，第三、四、五章爲本論文的主論，我們可以尋繹出其中的內在脈絡，而以體用的關係來說明之。第三章相對於其他兩章來說，可視爲是「體」的部分，因爲其他兩章的討論必須建基於第三章的理論，在這個意義下，四、五兩章則可視爲是「用」的部分。第六章「結論」，即總結出研究成果及意義，本章的結論，包括四個部分：（一）中國文學批評史中一個說法的提出；（二）「自然」與相關文學課題的詮釋關鍵，共十五點；（三）「自然」一詞，在六朝文論中的主要意涵有七種；（四）由自然觀點展示了六朝文論中的客觀精神。

第四節　界定論題語詞之意義

在論述之前，有必要對「六朝」、「文論」、「自然」等主要概念，在意義上所界定，俾使研究論題更爲明確。

「六朝」一詞的用法，主要有三說：〔註25〕

（一）指在建康的六個朝代，即吳、東晉、宋、齊、梁、陳。

（二）指常與「漢魏」對舉的六個朝代，即晉、宋、齊、梁、陳、隋。

〔註25〕本文關於「六朝」一詞的用法，主要是參考李正治先生的說法，他在所撰《六朝詠懷組詩》碩士論文中，有非常詳細的探討，除了討論「六朝」一詞的各種用法，並對「六朝」一詞在文學研究上的意義多方闡發。這篇論文是由邱燮友先生指導，國立台灣師範大學研究所碩士論文，1980 年 6 月。

（三）指兩漢之後的魏、晉、宋、齊、梁、陳六個朝代。

本文對「六朝」的用法，基本上，採取第三種說法，還必須包括魏外的蜀、吳，南朝外的北朝，因爲六朝文論家中亦有來自於吳者，如陸機、陸雲；亦有來自於北朝者，如〔北齊〕顏之推，因此，在時間斷限上，這些也應包括在內，相當於史學所指的「魏晉南北朝」。

「文論」一詞，指的是六朝對於文學活動或文學現象從事理論反省的論述文字。在學界對於這類主題的討論，有的學者以「文論」一詞稱述之，比較早的如廖蔚卿先生撰《六朝文論》一書，即以「文論」一詞標列書名。有的學者則以「文學批評」、「文學理論」、「文學批評理論」等詞來稱述之。「文學批評」、「文學理論」這些名詞出來很晚，乃是西方目前文學研究在理論上的分科。一般將之區分爲「文學批評」、「文學理論」、「文學史」三個方面。〔註26〕若單獨使用其中某一個名稱來範圍其他時，就會有廣義與狹義之判。中國古代的文藝思想，儘管失於零亂瑣碎，不成系統，卻不乏這幾個方面的論斷。這三個方面在目前的文學研究上雖各成一路，但總的說來都是對文學現象的後設反省。而所謂「文論」的「論」，正是著意於此文學活動的後設反省層。因此，筆者選擇使用「文論」一詞，可以很技巧地涵攝「文學理論」、「文學批評」與「文學史」三者，而又不致造成古典理解的不相應。

「自然」一詞，是本論文最重要的核心觀念，它出現在六朝文論中約有十九處之多。目前學界，一般對文藝或文論中的自然觀所採取的研究觀點，大致可分成兩層：一層是從自然界的自然這一觀點進入，如前面已提到的小尾郊一、顧彬、興膳宏等人者是。由於本文所要解決的問題是：「在六朝文論中，『自然』一詞指的是什麼？」這樣一來，就把作爲自然科學這種「自然界的自然」觀點排除在外。另一層是從「自然」作爲一後設概念或形式概念這一觀點進入，「自然」爲一後設概念，則「自然」必有一所對的實質層次，而自然界的自然即爲此一後設概念的「自然」所對之實質層次，對這個觀點有自覺說明的是林朝成先生的博士論文，這在前面已經提過。「自然」爲一形式

〔註26〕對於這個問題的綜合討論，請參見李正治先生撰〈四十年來文學研究理論之探討〉，《文訊雜誌》七九期，1992 年 5 月。有三分與二分的說法，有關三分法，可參考韋勒克和華倫合著的《文學論》一書，第四章「文學的理論、批評和歷史」部分。王夢鷗、許國衡譯（臺北：志文出版社，1978 年），再版，關於二分法，可參考劉若愚撰《中國文學理註》一書，第一章「導論」部分。杜國清譯（臺北：聯經出版事業公司，1981 年），一版。

概念，是因爲基於不同的理論體系，對「自然」一詞的用法就有所不同，魏晉玄學中的自然觀念就是如此。而後設概念與形式概念的自然觀點，亦同時涵具於六朝文論的自然觀，因此，本文的詮釋觀點，將採第二層次的說法。

　　「自然」一詞，它的字面意思是自然而然，不由外力的意思，在六朝文論中，「自然」一詞的基本含義是指事物的本性或本眞。在創作的自然觀方面，六朝文論家重視文學創作的本性或本眞，他們並以創作規律來規定文學創作的本性，使文學創作的本性含有規律義；六朝文論家所以以創作規律來規定文學創作的本性，乃是作爲形上義的「道」含有宇宙規律義，而這樣的宇宙規律其生成變化自有規律，天地萬物如此，人亦如此，創作與批評所含的規律義莫不如此，則文學創作的生成變化自有其規律；既曰自有規律，則創作的規律有其必然性，故「自然」亦含必然義，特指創作規律內在秩序的「必然」；這裏所謂的「必然」，與科學邏輯所謂「理上的必然」與「事實上的必然」，並不相同，它主要是針對六朝文論家的主張與看法來說的「必然」。在批評的自然觀方面，六朝文論家也同樣重視文學批評的本性或本眞，有的文論家則從審美的角度，強調「自然」爲文學作品遵循文學本性或創作本性而來的審美效果。以上僅能概略地介紹「自然」一詞，在六朝文論中的幾個主要的意涵，及其在本文中的主要關聯，至於相關的細節闡述，請仔細參考本文。

第二章　六朝玄學中的自然觀念與文論之關聯

　　論文藝思想中的「自然」觀念，不得不溯源於先秦老莊，因爲「自然」一詞成爲哲學概念是從先秦道家開始。而「自然無爲」又是道家學說的精義，此爲學界之共識，老子說：「道法自然」，〔註1〕又說「夫莫之命而常自然」；〔註2〕莊子則說：「常因自然而不益生」，〔註3〕又說：「順物自然而無容私焉」。〔註4〕再者，目前學術界，一般將中國藝術精神遠溯於老莊，〔註5〕由此可以推測，老莊思想與中國文藝思想之間，必然有某些緊密的內在關聯。以六朝文學藝術言，一般要求創作主體具備一虛靜心靈，如梁代劉勰《文心雕龍·神思》篇說：「陶鈞文思，貴在虛靜。疏瀹五藏，澡雪精神」，〔註6〕這句話明顯地化用《莊子·知北遊》：「汝齊戒，疏瀹而心，澡雪而精神」〔註7〕的話而來。這樣看來，他們的關係實在不容忽視。但是，總的來說，先秦道家所提倡的「自然」，主要

〔註1〕　請參見《老子周易王弼注校釋》，樓宇烈校釋（臺北：華正書局，1983年），初版，頁65。
〔註2〕　同註1，《老子》，五一章，頁137。
〔註3〕　所引乃《莊子·德充符》之言，清郭慶藩編，《莊子集釋》（臺北：木鐸出版社，1988年），再版，頁221。
〔註4〕　所引乃《莊子·應帝王》之言，同註3，頁294。
〔註5〕　請參考徐復觀撰，《中國藝術精神》的「自叙」部分（臺北：台灣學生書局，1966年），初版，頁3。
〔註6〕　請參見范文瀾，《文心雕龍注》（臺北：臺灣開明書店1985年），臺十六版，卷六頁1上。以下引用《文心雕龍》一書的原文，皆以此書爲準，不再註明出處。
〔註7〕　同註3，頁741。

是指生命境界的「自然」，與六朝文論中側重談事物本性義的「自然」、宇宙規律義的「自然」，實有所不同。在這種情況下，筆者想以對比異同的方式，來顯豁老莊自然思想與六朝文藝思想之間的關聯，故顯題為「老莊思想中的自然觀念與六朝文論之異同」，於本章第一節中詳加討論。

到魏晉時期，「自然」課題又再度成為玄學家們思考的焦點，故有人稱魏晉玄學為自然主義，〔註8〕乃是其來有自。依此，何以自然思想在六朝的文藝思想中能夠發展起來，恐怕與當時的思想背景不能沒有一點關係。魏晉玄學家們，一方面強調事物本性義的「自然」，一方面繼承秦漢以來氣化宇宙的論思想，更為明顯地強調出宇宙規律義的「自然」，而這兩方面自然思想，也正是六朝文藝思想界所側重表現的自然觀，由此可見，自然觀點對文學與義理會通而言，是一條很好的探索管道。雖然魏晉玄學家們也談老莊生命境界的「自然」，但是，對文藝思想影響較大乃是事物本性與宇宙規律義的「自然」。因此，筆者將在這一章中探討六朝思想中的自然觀念與當時文論之關聯，用意在將六朝文藝中的自然觀念與當時的思想界聯繫起來，而不把它單獨孤立，讓人搞不清楚何以這樣的文學自然觀會在六朝產生？對於這個部分，筆者顯題為「六朝玄學中的自然觀念與六朝文論的關聯」，於本章第二節中討論。

第一節　老莊思想中的自然觀念與六朝文論之異同

老莊思想中所強調的無為、有為、無為而無不為等概念，其實是從實際生活的體驗中出發的。在實際生活中，難免有巧偽造作之事，巧偽就是不自然，巧偽的否定就是自然。〔註9〕故老莊強調「自然」，自然即針對不自然的巧偽造作而發。六朝文論家的自然觀念，也是從實際層面出發，針對種種不自然的人為造作而發，例如：〔梁〕蕭子顯說：「緝事比類，非對不發，博物可嘉，職成拘制」，〔註10〕〔梁〕劉勰也屢屢提及文學創作上各種不自然的造作，其文心一書的〈序志〉篇說：「辭人愛奇，言貴浮詭」，〈定勢〉篇說：「近代辭人，率好

〔註8〕 如容肇祖有《魏晉的自然主義》之著。收在《魏晉思想》甲編五種中（臺北：里仁書局，1984年）。

〔註9〕 請參考牟宗三著，《才性與玄理》的第六章「向、郭之注莊」部分（臺北：臺灣學生書局，1985年），七版，頁177。

〔註10〕 請參見蕭子顯著，《南齊書·文學傳論》（臺北：鼎文書局，1975年），卷五二頁908。

詭巧」,〈情采〉篇說:「采濫忽眞」等,〔梁〕鍾嶸也說當時的文章「殆同書抄」,「自然英旨,罕値其人」,又提到當時詩歌聲律的講求「務爲精密,襞積細微,專相陵架。故使文多拘忌,傷其眞美」,〔註11〕可見他們都是基於對現實的感懷而發的,在這一點,老莊自然思想與六朝文論家們是一樣的。

　　老莊思想以無言道,這是學界的共識。牟宗三先生認爲如果把「無」當作動詞看,則道家所要「無」掉的東西,可分爲幾層:首先是「自然生命的奔馳」,向上一層是「生理欲望」,往上一層是「心理的情緒」(七情),再上一層是「意念的造作」,再往上一層是「一切觀念系統」,他並認爲這種種層面,概括起來說,就是「有」;〔註12〕所謂「有」,也就是道家通過主觀的修爲工夫所要無掉或化掉的東西。其中「心理的情緒」一層,即所謂「七情」,當然也是老莊所要無掉的,但卻是六朝文學觀認爲文學所不能無掉的,〔梁〕劉勰《文心雕龍·明詩》篇說:「人稟七情,應物斯感,感物吟志,莫非自然」,這裏「七情」乃是指文學情感的源頭,無關乎政教不政教,這與漢代「詩言志」以政教爲特定內容的主張,有所區別;換句話說,六朝文學並不以表現政教的特殊內容來挺立其本身的價值;相對地,他們大都認爲人類的情感都具有某種程度的普遍性,因爲「七情」爲人類普遍具有的;換言之,人類的情感,無論多麼獨特,都具有普遍的意義,夢囈也可以成爲文學,問題在於文學家如何由特殊到一般,表現出夢囈的普遍意義。六朝這種不限於某種意識與題材的文學觀念,其實相當普遍,如〔梁〕簡文帝蕭綱〈誡當陽公大心書〉說:「立身先須謹愼,文章且須放蕩」,便是將做人的道德與文學分開,又如鍾嶸《詩品·序》說:「氣之動物,物之感人,故搖蕩性情,形諸舞詠」等都是這種開放之文學觀念的最佳說明。〔註13〕然而,文學觀念的開放,僅在觀念上或理論上形成一種不獨斷、不拘執的態度,對文學價值的建立並不造成妨礙,因爲文學不能拒絕時代因素的影響,在時代因緣的特殊要求下,儘可以形成有特殊時代背景的文學價值觀,〔註14〕六朝即是顯例。

〔註11〕　請參見王叔岷箋證《鍾嶸詩品箋證稿》(臺北:中研院中國文哲研究所,1992年),一版,頁111～112。

〔註12〕　請參考牟宗三,〈道家的「無」底智慧與境界形態的形上學〉,《鵝湖》四期(臺北:鵝湖月刊雜誌社,1975年10月),頁5～6。

〔註13〕　請參考李正治先生撰,《至情祇可酬知己》中〈疏通文學的本源〉一文(臺北:業強出版社,1986年),初版,頁9。

〔註14〕　同註13,頁5、9～10。

六朝的文學觀念是開放的，但六朝在特殊的時代因緣下，文學家對四時自然景物的詠嘆顯然非常熱衷，〔梁〕昭明太子〈答湘東王求文集及詩苑英華書〉說：「悟秋山之心，登高而遠托。或夏條可結，倦于色而屬詞。多雲千里，睹紛霏而興詠」，〔註15〕〔梁〕蕭子顯曾說：「若乃登高目極，臨水送歸，風動春朝，月明秋夜，早雁初鶯，開花落葉，有來斯應，每不能已」，〔註16〕六朝文學所欲成就的這些內容，不正是老莊逍遙乘化，自由自在的主體境界下，所要無掉的東西。

六朝文學保留了這一層，而無掉另外一層。文學所要無掉的東西又是什麼呢？文學心靈所刻意要化掉的、最主要的是由世俗名利所壅蔽的意念造作，如《文心雕龍·情采》篇說：「為文造情」之文，乃是由「心非鬱陶，苟馳夸飾，鬻聲釣世」的意念造作所造成，導致文學情感的不真實，就是巧偽，就是不自然。化掉這意念造作所生的巧偽，目的在成就一創作的虛靜心靈。對虛靜心靈的要求，乃是老莊生命哲學與文學創作的共識。在老莊，虛靜心是作為修道工夫的主體，老子說：「致虛極，守靜篤」，〔註17〕莊子也說：「正則靜，靜則明，明則虛，虛則無，無則無為而無不為也。」〔註18〕又說：「聖人之靜也，非曰靜也善，故靜也。萬物無足以撓心者，故靜也。水靜則明燭鬚眉，平中準，大匠取法焉。水靜猶明，而況精神。聖人之心靜乎，天地之鑑也，萬物之鏡也。」〔註19〕可見虛靜在老莊，完全是為成就聖人、至人玄學的生命境界而來。在六朝文論中，虛靜心是一創作的心靈基礎，〔梁〕劉勰《文心雕龍·養氣》篇說：「水停以鑒，火靜而朗，無擾文慮，鬱此精爽」，這句話明顯地化用了莊子前面的話，不過，主要是針對文學創作而言，目的在造就一理想的創作心靈。雖同都強調一虛靜心靈，然兩者論域不同、所涵養的工夫亦不同，因此，各別所成就的虛靜主體也就有所不同，不容混淆。

《莊子·知北遊》說：「天不得不高，地不得不廣，日月不得不行，萬物不得不昌，此其道與？」，〔註20〕莊子用「不得不」來說明「道」的客觀性。

〔註15〕請參見〔清〕嚴可均校輯，《全上古三代秦漢三國六朝文》（北京：中華書局，1958年），一版，全梁文卷二〇，頁2。

〔註16〕所引乃蕭子顯〈自序〉一文，同註15，卷二三，頁8。

〔註17〕所引乃《老子》十六章之言，同註1，頁35。

〔註18〕所引乃《莊子·庚桑楚》之言，同註3，頁810。

〔註19〕所引乃《莊子·天道》之言，同註3，頁457。

〔註20〕同註3，頁741。

在莊子的理論系統中，這客觀面的「道」終究要收進來統攝在主體境界上來加以理解；通過主體修持所達到的渾化境界，就是無為，就是自然，就是道。〔註21〕但在劉勰的文論體系，對「道」的客觀性是肯定的，《文心雕龍・原道》篇說：「文之為德也大矣，與天地並生者何哉？夫玄黃色雜，方圓體分，日月疊璧，以垂麗天之象；山川煥綺，以鋪理地之形，此蓋道之文也」，劉勰首先肯定天地文采的存在，並認為文采的存在必然有其根源，進而將文采存在的根據推極於「道」，由此，劉勰對「道」體意義的掌握，乃透過萬物之文的根源這種類比方式來予以說明。除了〈原道〉篇，劉勰對形上根源有另一種談法，〈麗辭〉篇說：「造化賦形，支體必雙；神理為用，事不孤立」，「造化」與「神理」等概念，在這句話中皆屬形上用語，與〈原道〉篇的「道」，應同屬一事，皆指根源的根源，即指終極根源；但細究劉勰對這句話的陳述，是先肯定了「造化」與「神理」等形上實體的存在，才進一步推衍出宇宙間成雙成對的文采存在，這與〈原道〉篇先肯定宇宙間的文采存在，再進一步推其源於「道」的進路，是有所不同的。不管劉勰用什麼方式來說明文采存在的形上根源，但他肯定文采存在有其形上根源，卻是不可否認的。宇宙間的文采究竟以什麼方式存在呢？劉勰認為，宇宙間的文采從「玄黃色雜」，到「方圓體分」，以至「日月疊璧」、「山川煥綺」，展示了文采生成變化的歷程；萬物的文采存在如此，則人文（專指文學）的存在亦是如此，〈原道〉篇說：「心生而言立，言立而文明，自然之道也」，可見劉勰認為，人文的存在亦自有其生成變化的規律。

劉勰所主張的此一人文存在規律，我們可以以「不得不然」的概念代入，來解釋其合理性。所謂「心生」，心是文的內在根據，是人類情感的源頭，〈明詩〉篇說：「人稟七情，應物斯感，感物吟志，莫非自然」，人類稟具「七情」，是天生如此，不學而能；有所感則有所發，則應物斯感，感物吟志亦皆不得不然，皆為人類之創作本性使然，故曰「自然」，自然是就人的文學本性而言。文學的本性，在表達媒介上，必然以語言文字來表達或表現，因為語言文字是文學的特殊表達媒介，故從「心生」到「言立」亦為不得不然。〈原道〉篇說：「言之文也，天地之心」，天地之心即人心，文根於心，人心含文是一潛在狀態，而藉著語言文字來表現或表達的過程，把內在的文實現出來，這樣一來，文采的產生也是不得不然的，故曰「文明」。劉勰將此一人文存在規律，

<hr />

〔註21〕同註9，頁 178～179。

推其源於「自然之道」,「道」乃根源的根源,為一形上根源;「自然」是將「道」的性質提到前面來修飾,非指一般的形容詞,在這句話中,指人文的本性或文學的創作本性;劉勰以「心生而言立,言立而文明」來說明他所掌握到的人文的本性;而此一人文存在的規律,從不得不然處來說,有其存在的合理性,因此,也具有某種程度的客觀性質。

此一人文存在的規律,由於文學的本性使然,方能不由外力,而自己如此。因此,劉勰文論的基本前提有二:一是承認物類各有其本性,就人文言,劉勰從不得不然處來論其存在本性為「心生而言立,言立而文明」;就物文來說,劉勰以「形立則章成矣,聲發則文生矣」來說明其存在本性。二是遵循文學的本性,劉勰在〈原道〉篇提出人文存在規律,在其他的篇章中,則皆可或隱或顯地抽繹出與其關聯的線索,尤其是創作論部分,更為明顯,可見劉勰遵循文學本性的宗旨,展示出理論內部的一致性。

在六朝文論家中,除了劉勰以外,鍾嶸也非常重視文學本性的思想,例如鍾嶸認為,詩歌「吟詠情性,亦何貴於用事」,相對地,「若乃經國文等,應資博古;撰德駁奏,宜窮往烈」〔註22〕等應用性質的文章,鍾嶸就強調用事的必要性,顯示鍾嶸對文類所各具本性有所體察,而且試圖作出區分;其次,鍾嶸對詩歌本性的體察,除了認為詩歌以「吟詠情性」為本外,尚有「氣之動物,物之感人,故搖蕩性情,形諸舞詠」〔註23〕的說法,這些都是鍾嶸對詩歌本性的發現,而在其理論中試圖加以說明的;再次,詩歌的寫作配合賦、比、興的綜合運用,從中亦可尋繹出鍾嶸依循詩歌創作本性的一貫線索,詩歌的表達或表現不取諸外在學問事義的用典補綴,而取諸感物活動的審美經驗,或直抒,或隱喻,或象徵,皆來自於審美經驗中眼目所及、俯拾即得的尋常物事;換言之,賦、比、興的綜合運用,是直接湊泊於審美經驗的內容來加以表現的,故毋需假借學問事義的表現以為高;最後,鍾嶸提出「自然英旨,罕值其人」之說,乃是感歎這種遵遁詩歌本性而來的文學作品,已經很少見了;這裏「自然英旨」,應從審美效果來說,指的是遵循詩歌本性而來的審美效果。總的來說,老莊的「自然」,是側重在生命境界上的自然,而六朝文藝思想中的「自然」,則比較強調事物本性義與客觀規律義的自然。

牟宗三先生說:「自然科學亦是執,不執便無科學。在自爾獨化中,科學

〔註22〕同註11,頁93。
〔註23〕同註11,頁47。

永遠開不出來」。〔註24〕六朝這一套文論體系，在莊子看來，恐怕都是執。套在牟氏的說法上，文學創作亦是執，不執便無文學。在自爾獨化中，文學永遠開不出來。最重要的關鍵在於莊子這一套自然思想，主要是針對人的生命如何安頓的問題而發，與六朝文論針對文學創作的問題而來，在論域上有所不同，當然所開出來的理論也會有所不同。

第二節　六朝玄學中的自然觀念與六朝文論之關聯

　　對於事物的本性問題，莊子已經有所提及，《莊子‧馬蹄》篇說：「馬，蹄可以踐霜雪，毛可以禦風寒，齕草飲水，翹足而陸，此馬之真性也」，〔註25〕這在老莊的理論中並不十分受重視，但在魏晉玄學間非常受到強調。王弼注《老子》十七章「信不足，焉有不信焉」之言說：「夫御體失性，則疾病生；輔物央逝，則疵釁作」〔註26〕即強調出事物真性的重要。又注《老子》二七章「善閉無關楗而不可開，善結無繩約而不可解」之言說：「因物自然，不設不施，故不用關楗、繩約而不可開解也。此五者，皆言不造不施，因物之性，不以形制物也」，〔註27〕因物自然即因物之性，這裏即強調出順應事物本性的意思。又注《老子》二九章「不可為也，為者敗之，執者失之」之言說：「萬物以自然為性，故可因而不可為也，可通而不可執也。物有常性，而造為之，故必敗也。物有往來，而執之，故必失矣」，〔註28〕若不因順事物之本性，則必遭自然之反撲，而導致失敗之命運。郭象注《莊子‧逍遙遊》也說：「夫小大雖殊，而放於自得之場，則物任其性，事稱其能，各當其分，逍遙一也」，〔註29〕物任其性是強調物類各有其本性，從人這一面來說，即因任物類本性，而不加干擾之意。又注《莊子‧逍遙遊》說：「各安其性，天機自張」，〔註30〕在人來說，即順其本性之意。又注《莊子‧外物》說：「性之所能，不得不為也；性所不能，不得強為」，〔註31〕從不得不然處說性，則性有其客觀性。又注《莊子‧齊物論》說：「物各性

〔註24〕同註12，頁9。
〔註25〕同註3，頁330。
〔註26〕同註1，頁41。
〔註27〕同註1，頁71。
〔註28〕同註1，頁77。
〔註29〕同註3，頁1。
〔註30〕同註3，頁20。
〔註31〕同註3，頁937。

然，又何物足悲哉？」，〔註32〕某一類事物所以爲某一類事物，乃物類之本性所使然，故事物之本性爲事物本身的內在根源。

六朝文論中的自然觀念，就其側重在事物的本性義上來立說，如〔宋〕范曄〈獄中與諸甥姪書〉說：「性別宮商，識清濁，斯自然也」，〔註33〕所謂「性」，指天生如此的意思，故「自然」一詞，在這裏是指人聲的生理本性，這種生理本性是天賦的，不學而能，故曰「自然」。〔梁〕劉勰《文心雕龍·原道》篇說：「心生而言立，言立而文明，自然之道也」，「自然之道」即「自然」，意指文學創作的本性。又同篇說：「傍及萬品，動植皆文。龍鳳以藻繪呈瑞，虎豹以炳蔚凝姿。雲霞雕色，有踰畫工之妙。草木賁華，無待錦匠之奇。夫豈外飾，蓋自然耳」，所謂「自然」，指的是物文的本性。龍鳳、虎豹等之所以呈現出那樣的文采，非由外力，而是物類的本性使然。《文心雕龍·明詩》篇也說：「人稟七情，應物斯感，感物吟志，莫非自然」，這是把文學發生的客觀規律「人稟七情，應物斯感，感物吟志」，叩緊到文學的本性來說，故「自然」一詞，應是指文學發生規律的內在本性。因此，「自然」指事物的本性一義，可遠溯於莊子，而近參魏晉玄學王弼、郭象諸家。

在魏晉玄學中，何以會特別強調出事物的客觀本性？從哲學理論的內在脈絡言，先秦老莊強調「無爲而無不爲」的自然思想。在老莊的理論中，這樣的「無爲而無不爲」乃是在玄智觀照萬物所得的玄同境界下所顯的，並不是眞正由此生出一客觀地經驗效果，〔註34〕如何才能生出一客觀的經驗效果呢？這需要一客觀基礎來保證。這個客觀的基礎必須能說明，萬物的存在不須要人爲力量的介入，就可自主自生，自相治理，〔註35〕由此，主體境界所開顯的是一消極地不干預的態度，但卻具有正面積極的成就效果。而此一客觀基礎的強調，在魏晉玄學中，即以側重說明事物的客觀本性的方式來展開。而對此一事物客觀本性的強調，再受到秦漢以來氣化宇宙論的影響，促使事物的本性更爲明顯地以客觀規律的方式來呈現。由此，事物的本性與宇宙規

〔註32〕同註3，頁60。

〔註33〕同註15，全宋文卷一五頁11。

〔註34〕請參考勞思光撰，《新編中國哲學史》中第四章「道家學說」（臺北：三民書局，1987年）三版，第一冊，頁242。

〔註35〕請參考林朝成撰，《魏晉玄學的自然觀與自然美學研究》中第一章第三節「王弼的無爲自然觀」，國立台灣大學哲學研究所博士論文，嚴靈峰、張永儁先生指導，1992年6月，頁15～20。

律的密切關聯，乃是理論發展的必然趨勢。

　　事物的內在本性，有時以宇宙規律的方式來呈現，如〔梁〕劉勰〈原道〉篇說：「心生而言立，言立而文明，自然之道也」，〈明詩〉篇說：「人稟七情，應物斯感，感物吟志，莫非自然」，〈定勢〉篇說：「如機發矢直，澗曲湍回，自然之趣也」、「譬激水不漪，槁木無陰，自然之勢也」，〈麗辭〉篇說：「夫心生文辭，運裁百慮，高下相須，自然成對」等即是其例。透過宇宙規律來言「道」，言「自然」，乃源於陰陽家之思想；在秦漢之間，諸子「以氣言道」，形成氣化宇宙觀；〔註36〕在《周易》只講陰陽而不講五行，到了漢儒才用陰陽五行的觀念，來解釋《周易》，〔註37〕至此道的宇宙規律義更為明顯。魏晉之際，自然繼承了這種氣化宇宙觀，如西晉阮籍〈達莊論〉一文說：「人生天地之中，體自然之形。身者陰陽之積氣也，性者五行之正性也」，〔註38〕又如嵇康〈太師箴〉一文中說：「浩浩太素，陽曜陰凝，二儀陶化，人倫肇興」，〔註39〕又其在〈聲無哀樂論〉一文說：「時至而氣動，律應而灰移，皆自然相待，不假人以為用也」，〔註40〕皆明顯地承繼了秦漢以來的陰陽五行之思想。在氣化宇宙論下，事物的生成變化皆有一定的律則，這便是天地運行的常道。而常道之運作，有其內在的秩序，不是人為意志所能轉移的，故說：「自然相待」。所謂「自然」，即必然的意思。必然相待是就常道之內在秩序的必然言。受到這種自然消息之宇宙觀的影響，六朝文論界有如劉勰者以規律來言創作的本性，如上面所舉的那些例子。又如鍾嶸《詩品·序》也說：「氣之動物，物之感人，故搖蕩性情，形諸舞詠」，〔註41〕以規律來說文學發生的原因。劉勰在〈書記〉篇說：「陰陽盈虛，五行消息，變雖不常，而稽之有則也」，由此可以推測，劉勰是有自覺地在掌握這「稽之有則」的宇宙規律義的「自然」。對於宇宙的一些外在規律，如雲行雨施，四時之序等，只要任其如此，化掉心靈的意念造作，不去加以干擾，似乎

〔註36〕請參考李正治撰，〈開出「生命美學」的領域〉，《國文天地》九卷九期（臺北：萬卷樓圖書有限公司，1994年2月），頁6。

〔註37〕請參考李澤厚、劉綱紀主編，《中國美學史》第二卷的第十七章「劉勰的《文心雕龍》」部分（臺北：谷風出版社，1987年），一版，頁771～772。

〔註38〕請參考郭光校注，《阮籍集校注》（鄭州：中州古籍出版社，1991年），一版，頁80。

〔註39〕請參考戴明揚校注，《嵇康集校注》（臺北：河洛圖書出版社，1978年），一版，頁310。

〔註40〕同註39，頁212。

〔註41〕同註11，頁47。

就是自然了。但是對於人事的規律，如何說不加干擾呢？劉勰《文心雕龍·總術》篇說：「執術馭篇，似善弈之窮數。棄術任心，如博塞之邀遇」，可見劉勰非常強調文術，文術用現在的話來說，即文學創作的技巧或原理。劉勰因為強調文術，故他也非常重視學習的工夫，〈神思〉篇說：「積學以儲寶，酌理以富才，研閱以窮照，馴致以懌辭」，劉勰這樣強調文術與學習的工夫，這些豈非人為，如何說不加干擾呢？如何說是自然呢？魏晉玄學家郭象對人事學習的自然義提出說明，他注《莊子·達生》篇「善游者數能」之言說：「言物雖有性，亦須數習而後能耳」，〔註42〕游泳乃是屬於人事。人性有游泳的天賦，但它不是像飢餓飲食，天寒欲衣那樣的「不學而能」的自然，它是必須經過「數習而後能」才能把天賦的本性發揮出來。郭象認為這也是「自然」，他注《莊子·列禦寇》說：「夫積習之功為報，報其性，不報其為也。然則學習之功，成性而已，豈為之哉！」，〔註43〕又注《莊子·天運》說：「由外入者，假學以成性者也。雖性可學成，然要當內有其質，若無主於中，則無以藏聖道也」，〔註44〕認為學習之功是為了成就內在的潛能，潛能亦是人的天賦本性。故學習技巧可視為實現潛能，達到「自然」的必要手段。

六朝文論家所強調的文術與學習的工夫，其實也可以視為是達到創作自然的必要手段。沒有人天生下來就會創作，就像沒有人天生下來就會游泳一樣，都需要經過一個學習的歷程，郭象注《莊子·大宗師》說：「夫自然之理，有積習而成者。蓋階近以至遠，研粗以至精，故乃七重而後及無之名，九重而後疑無是始也」，〔註45〕郭象旨在說明主體生命境界的高下，是決定於主觀修為的高下，亦即主觀修為高，生命境界亦高，猶如水漲船高，可見主體生命境界是有高下層次之別的。文學創作之事亦然，學習雖然不是唯一的因素，但卻是必要的因素，故劉勰〈事類〉篇說：「才自內發，學以外成」，不學習而要成為一成功的文學家，那幾乎是不可能的。其實劉勰的文術論基本上是叩緊〈原道〉篇所揭示的文學創作規律而來，文學創作規律之存在，它本身是不得不然的，因此，它具有客觀性。在這個意義上來說，它不是人為意志所能轉移的，故它的存在，也就不是一般的、可變的律則，而是一恆常不變

〔註42〕同註3，頁 642。
〔註43〕同註3，頁 1043。
〔註44〕同註3，頁 518。
〔註45〕同註3，頁 257。

的準則，文學創作之事便要遵循這樣的客觀規律。文學創作如何才算自然呢？簡單言之，合於此客觀規律，就是自然，失此客觀規律，就是不自然。我們可以用郭象的話來描述此一創作的客觀規律，「苟當乎天命，則雖寄之人事，而本在乎天也」。〔註46〕其云「雖寄之人事，而本在乎天」的前提是「苟當乎天命」，怎樣才算「苟當乎天命」呢？即任物之性，〔註47〕在文學創作上，就是遵循創作的本性，因順文學創作的客觀規律。

　　六朝的思想界也指出了事物有「與時俱變」的本性，郭象注《莊子・齊物論》說：「夫天地萬物，變化日新，與時俱往，何物萌之哉？自然而然耳」，〔註48〕所謂「自然而然」，即事物存在的本性使然，又注〈山木〉說：「不可必，故待之不可以一方也，唯與時俱化者，為能涉變而常通耳」，〔註49〕又注〈大宗師〉說：「不知與化為體，而思藏之使不化，則雖至深至固，各得其所宜，而無以禁其日變也」，〔註50〕萬事萬物與時俱變乃是不得不然的，故說：「無以禁其日變」。六朝文論界亦認為文學的發展是與時俱變的，〔梁〕劉勰《文心雕龍・時序》篇說：「時運交移，質文代變」，又其〈通變〉篇說：「文律運周，日新其業。變則可久，通則不乏」，故主張文學創作應該講求「通變」之道。〔梁〕蕭子顯也說：「若無新變，不能代雄」，可見他也認識到了文學新變的重要性。文學既講求新變，則不應執求過去的文學典型。因此，劉勰在其文論中將屈原的《離騷》視為是文學新變的典範，〈辨騷〉篇說：「奇文鬱起，其《離騷》哉？固已軒翥詩人之後，奮飛辭家之前」，這說明了《離騷》新變的典範意義。在魏晉玄學界亦表達了相同的看法，郭象注《莊子・胠篋》說：「夫迹者，已去之物，非應變之具也，奚足尚而執之哉？」，〔註51〕故在事物「與時俱變」的本性前提下，過去的迹是不應執求的，而應講求的是「如何通變才能創新？」之理。

　　六朝文論家有探源的風氣，劉勰〈原道〉篇提出人文存在的規律，推其源曰：「自然之道」，「自然」為文學的本性，可視為是人文存在規律的根源，

〔註46〕所引乃郭象注《莊子・秋水》「牛馬四足，是謂天。落馬首，穿牛鼻，是謂人」，之言。同註3。頁591。

〔註47〕請參考《郭象與魏晉玄學》的第六章「郭象的《莊子注》和莊周的《莊子》」部分，湯一介著（臺北：谷風出版社，1987年），頁168。

〔註48〕同註3，頁55。

〔註49〕同註3，頁670。

〔註50〕同註3，頁245。

〔註51〕同註3，頁344。

而「道」則為根源的根源，稱之為終極根源，可見「道」與「自然」概念的提出，具有探源的理論意義；而此一探源的風氣，也流行於魏晉思想界，如韓康伯《繫辭上》注「大衍之數五十，其用四十有九」引王弼之言說：「無不可以無明，必因於有，故常於有物之極，而必明其所由之宗也」，〔註52〕由「必明其所由之宗」之言，可知王弼探源之意甚明。但由劉勰〈序志〉篇：「位理定名，彰乎大易之數，其為文用，四十九篇而已」之言，及〈原道〉篇對《易·繫辭》的多方援引觀之，劉勰文論體系中的探源思想，恐怕受《易·繫辭》的影響較為直接；如果從魏晉思想界的影響這方面來說，恐怕就比較間接，因為是基於時代較近而在思想上亦有其類似性言，但這種探源的思想，似乎在魏晉玄學中表現得更為明顯，顯示在魏晉時期探源意識已形成風潮，這種時代風潮所帶動的影響，是會助長探源思想的發展，故本文仍將文論中的探源思想與魏晉玄學關聯起來談。

〔註52〕同註1，頁 547～548。

第三章　六朝文論中文學存在的自然觀

　　關於「文學存在」〔註1〕的問題，是屬於形上學與本體論的範圍。六朝文論家中，對於文學形上學的探索，只有〔梁〕劉勰一人。而對於文學本體論之自然觀念的探討，則主要以〔梁〕劉勰與〔梁〕鍾嶸二人爲代表。鍾嶸《詩品·序》中，認爲詩歌創作應以「吟詠情性」爲本，然後說「自然英旨，罕值其人」，又認爲創作詩歌聲律，以「清濁通流，口吻調利」爲本眞。〔宋〕范曄在〈獄中與諸甥姪書〉中認爲「性別宮商，識清濁」，乃「斯自然也」。劉勰在〈原道〉篇，描述人文的存在方式爲「心生而言立，言立而文明」，乃本於「自然之道」；又解釋物文存在原理，乃「夫豈外飾，蓋自然耳」；在〈明詩〉篇，說明文學的發生，「莫非自然」；〈情采〉篇中，「五情發而爲辭章」，文采的產生，也莫非「神理之數」，這裏所說的「神理」與「自然」，實是一事，待後詳述；〈麗辭〉篇中，以對偶之文，乃「自然成對」；〈聲律〉篇中，以「人聲」爲「音律所始」。這樣看來，我們可以劉勰的觀點爲主軸，貫串整個六朝文論關於形上學與本體論方面的討論成果，希望能藉此勾勒出六朝文論中文學存在之自然觀的宗趣。

〔註 1〕 存有（being）與存在（existence），都是存有論經常使用的名詞，嚴格說來，兩者並不一樣。存在，它不說明「事物是什麼？」，只說明「事物是否存在？」的問題；而存有，主要是指事物的本質，即事物是什麼的問題。而本文主要側重在後者，即關於文學是什麼？文學的本質？文學以什麼方式存在的問題。但在名詞的使用上，存有與存在，並不做嚴格區分。所謂「本質」，受西洋哲學的影響，一般把「本質」視爲是「事物的根本或本來的性質，或事物之精髓、核心、要素」。詳請參考曾仰如，〈「本質」與「存在」及其異同之研究（上）〉，《哲學與文化》（臺北：哲學與文化月刊社，1988 年 12 月），十五卷三期，頁 37～53。

六朝多數的文論家在處理「文章（當時使用的名詞）到底是什麼？」的問題時，並不涉及「自然」的觀念，如〔梁〕蕭子顯《南齊書‧文學傳論》說：

> 文章者，蓋情性之風標，神明之律呂也。〔註2〕

〔北齊〕顏之推《顏氏家訓‧文章篇》也說：

> 文章之體，標舉興會，發引性靈。〔註3〕

又如〔梁〕蕭繹《金樓子‧立言篇》說：

> 至如文者，惟須綺縠紛披，宮徵靡曼，脣吻道會，情靈搖蕩。〔註4〕

從上面的例子中，有兩點最值得注意：首先，「文」概念的提出，由蕭繹「文者」之說，可見已把六朝人認識文學之為文學的特點，乃在於：文學有「文」這點顯發出來。而且從蕭繹「綺縠紛披」之說詞，也可以推知這樣的文，不是沒有任何雕飾的質樸之文，而是「至麗之文」。其次，是他們都非常重視文學的主體性，換言之，他們在掌握人與文學的基本關連時，最注意的是「人心」的問題，故有所謂「情性」、「神明」、「性靈」、「情靈」之說，這些名稱都統攝在「人心」的領域之中。綜言之，他們認為文學之所以為文學，是因為文學有「文」，而文是根於人心的，這樣的文乃是至麗之文。「文」的問題，乃是六朝文論家所鄭重正視的，而這一點，也為後代許多文藝思想家所意識〔註5〕

而上面這兩點，在劉勰的理論系統中，皆明白地展現出來，首先劉勰非常有自覺地提出「文」的觀念，〈原道〉篇開宗明義便說：「文之為德也大矣」，〔註6〕可見他非常清楚地意識到「文」的問題。而劉勰所自覺追求的「文」亦非沒有任何雕飾的質樸之文，〈情采〉篇說：「聖賢書辭，總稱文章，非采而何？」，聖人的文章是具有文采的。而這樣的文采，並非棄美，〈情采〉篇說

〔註2〕蕭子顯，《南齊書》（臺北：鼎文書局，1975 年 3 月），卷五二頁 907。

〔註3〕王利器，《顏氏家訓集解》（臺北：漢京文化事業有限公司，1983 年），一版頁 223。

〔註4〕清謝章鋌校，（臺北：世界書局，1975 年，珍藏鈔永樂大典本），卷四頁 29 上。

〔註5〕如《北齊書‧文苑傳序》云：「夫玄象著明，以察時變，天文也。聖達立言，化成天下，人文也。達幽顯之情，明天人之際，其在文乎。」又《北史‧文苑傳序》云：「《易》曰：『觀乎天文，以察時變；觀乎人文，以化成天下。』然則文之為用其大矣哉。」皆是其例。〔唐〕李百藥，《北齊書》（臺北：鼎文書局，1975 年 3 月），卷四五頁 601；〔唐〕李延壽，《北史》（臺北：鼎文書局），卷八三頁 2777。

〔註6〕請參見范文瀾，《文心雕龍注》（臺北：臺灣開明書店，1985 年），臺十六版，卷一頁 1 上。以下引用《文心雕龍》一書的原文，皆以此書為準，不再註明出處。

老子文章「五千精妙，則非棄美」，而是極盡藻繪的華麗之文，〈情采〉篇說：
「綺麗以艷說，藻飾以辯雕，文辭之變，於斯極矣」。六朝的文學創作，非常
重視文章辭采的雕琢，在劉勰時，這種華美文風的追求，顯然已經出現流幣，
〈序志〉篇說：「辭人愛奇，言貴浮詭，飾羽尚畫，文繡鞶帨，離本彌甚，將
遂訛濫」，劉勰認為導致文采訛濫的原因是「離本彌甚」，所以劉勰特別著意
於為文采立定一個本源，為免愈演愈烈的文采追求，走入形式末流。

　　劉勰怎樣為文采的存在立定本源呢？首先，劉勰為文學（采）的存在建
立一形上根據，這個文采的形上根據就是「道」，〈原道〉篇中說：「道之文」，
在〈夸飾〉篇說：「形而上者謂之道」，可見，「道」作為文學存在的形上根據
義甚顯。「道」為共識，不能被證實與分析，但它讓理論成為可能，也讓理論
運作得以開始，卻不決定任何理論的實質內容。故劉勰在〈原道〉篇只說：「道
之文」，在〈序志〉篇只說：「本乎道」之言，並沒有直接賦予「道」什麼真
實的意涵。劉勰真正建立起文學創作所依據的根本準則，是透過「自然」觀
念來指出與確立的，〈原道〉篇說：「心生而言立，言立而文明，自然之道也」，
「道」為根源的根源，用我們現在哲學術語稱之，即為「終極根源」，魏晉的
思想界以「道」為萬物之所由，就是將「道」視為終極根源的談法。「自然」
為「道」的性質，劉勰把它提到前面來修飾「道」，而非指一般的形容詞；在
這句話中，「自然」指文學的本性。

　　劉勰怎樣來規定「文學的本性」呢？他以人文存在的規律：「心生而言立，
言立而文明」來規定它和說明它。「本質」一詞是現代人的用法，是指事物存
在的根本特性的意思。但用六朝時的話來說，「本質」就是「本性」。而「事
物的本性」，在六朝文藝思想中，乃是「自然」一詞的基本含義。然而，在這
裏更精確一點的用法，應是「本真」，因為「自然」一詞，除了指事物的存在
本性外，還包含了文論家的價值意義在內。本章文采存在的本體論部分，主
要就是探討文學的本性或本真的問題，主要的重心在於劉勰所主張的人文存
在規律，劉勰並將此一人文存在規律視為是文學創作的根本準則，來作為他
指導創作的根本理念。

　　六朝之前，文學可以說是政教的附庸，並沒有發展出自己獨立的地位與
價值。到了六朝，可能因為個體意識的覺醒，〔註7〕促使文論家們開始注意到

〔註7〕　請參考蔡英俊撰，《比興物色與情景交融》（臺北：大安出版社，1990年），一
　　　　版，頁36。

文學的獨立性。魏文帝最先賦予文學以獨立的存在價值，他在《典論‧論文》一文中說：「蓋文章，經國之大業，不朽之盛事。年壽有時而盡，榮樂止乎其身，二者必至之常期，未若文章之無窮」，〔註8〕文學已不再附庸於經學或政教之下，文學創作成為文人可以不假良史之辭，不託飛馳之勢，而仍可以永垂不巧的重要憑藉。梁時劉勰也有相同的主張，也賦予文學創作以獨立崇高的價值，故他在《文心雕龍‧序志》篇說：「歲月飄忽，性靈不居，騰聲飛實，制作而已」，可見對文學創作的獨立存在價值必先肯定，才能進一步把文學創作當作一獨立的課題進行反思。六朝文論家除了解釋當時的一些文學現象外，他們最關心的還是「如何指導創作？」的問題。因此，六朝文論家們的共同問題是：文學應該怎樣創作？或是文章要怎樣寫，才算真正的文學作品？要解答這個問題，尋本溯源，應先探究「文學是什麼？」或「文學創作的本質是什麼？」的問題，這就是六朝文論家探索文學創作本質的原因。

　　依此，本章的討論主題有二：首先，探討文學存在與「道」的關聯，即文學的形上理論，筆者顯題為「文學存在的形上根據」，於本章第一節中詳加探討，本節主要以劉勰文心一書的論見為理論綱領，因為六朝文論家中只有劉勰涉及這方面的理論建構。其次，探討文學的本性或本真的問題，即文學的本體論部分，筆者顯題為「文采存在的自然觀」，將於本章第二節中來討論，本節的討論，則以劉勰與鍾嶸為代表，並參酌當時相關的文論家的看法。

第一節　文學存在的形上根據

　　劉勰首篇標名「原道」，我們把省略的主詞還原，乃「文原於道」的意思。劉勰在〈序志〉篇中也說：「蓋文心之作也，本乎道」，此正與前例之言互見，皆在推本文學的終極根源於「道」。「道」在劉勰文論中，到底具有什麼理論意含？又這樣的「道」，在文學探索上有什麼樣的意義？要回答這一連串的問題，必須先對劉勰所謂「道」有所釐清。然而劉勰對「道」概念本身並沒有什麼明確的界定，這樣一來，到底我們該如何來理解劉勰所謂的「道」呢？筆者在前面為了確立本章章節的安排，曾就「道」、「自然」與「文」三者的關係來立論，說明「道」與「自然」觀念的理論內在關聯，由此，可以理出

〔註8〕請參見《全上古三代秦漢三國六朝文》，嚴可均較輯（北京：中華書局，1991年），一版，全三國文卷八頁11。

關於「道」的部分理論意含。而在本節中，對於「道」的理論意含的探索，則主要針對「道」與「文」的關係來立論。在展開討論之前，筆者想要先檢討目前學界對這個問題的看法，因為有不少前輩學者對這個問題作過討論，足見學界對這個問題的重視與關注。

陳耀南先生〈《文心‧原道》眾說評議〉一文中，將當代許多學者的看法，歸納為以下幾組：〔註9〕

（一）不確定解說，但順原文渾言：「天地自然之道」，而「兼包人文」者；

（二）儒？道？佛？

（甲）泛曰「自然」，而表明為道家影響者；

（乙）堅持為佛家思想者；

（丙）歸宗儒家思想者；

（丁）以儒為主，結合佛道。

（三）唯物？唯心？

（甲）「唯物」；

（乙）「唯心」。

由陳氏的歸納，可以從中理出前輩學者理解劉勰所謂「道」的幾個主要方式：

（一）有所保留，但順原文渾言。這種方法，並沒有提出什麼定解，只是順原文渾言。

（二）由追究「道」的思想來源，來確定其性質。而這種方法所得的結論，如果僅是表明歸宗某家或某幾家思想之影響，仍然不能讓人了解到底劉勰所說的「道」指的是什麼，還會有誤解之虞，一般理解「儒家思想」，是指儒家的仁義之道，而劉勰一書是論文章的，與儒家的仁義之道有什麼相干？何況劉勰自己在〈正緯〉篇說緯書內容是：「事豐奇偉，辭富膏腴，無益經典而有助文章」，顯然是把經典的政教意義與文章之事分開，而且更站在文章創作的立場認為，緯書中的神話傳說對文章的表現大有助益，可見劉勰對文章之事的重視更有甚於儒家的仁義政教。依此，如果僅是說受「儒家思想」影響者，很容易讓人產生誤解，以為是儒家的仁義思想，殊不知應是儒家的文章之道。對於這個方法的結論，還有一點值得商榷，就是

〔註9〕陳耀南，《文心雕龍論集》（香港：現代教育研究社有限公司，1989年），一版，頁9～25。

每一個思想家背後的思想淵源都是非常複雜的，如何僅表現爲某一家或某幾家的影響呢？筆者認爲，在學術研究上，思想溯源的工作是非常必要的，但必須關聯到特定的實質內容來談，才能有比較直接的說明效果。

（三）是唯心與唯物二元對立的思考方式。陳氏提出他的看法說：「傳統中國人的信仰，是心物交融、道器合一，而並不是西洋方式的『唯』心或者『唯』物。」〔註10〕陳氏的批評是很有道理的，說「道」是唯心，「道」又具客觀性；說「道」是唯物，對劉勰所謂「道心惟微」似乎也很難自圓其說。再者，劉勰在〈序志〉篇強調「振葉以尋根，觀瀾而索源」之「體用如一」的理論方法，此與唯心與唯物強分爲二的作法，顯然背道而馳，故用唯心與唯物二分之說來解釋劉勰的「道」論，恐怕不是非常相應。

除了上面所說的三種方法，學術界還有一種方法是：藉由《文心雕龍》一書中「道」之用例的歸納，來說明「道」是什麼？如牟世金與陸侃如師生、周振甫、杜黎均等人〔註11〕皆有這方面的相關論述。其中以牟世金與陸侃如師生所共同發表的說法分得最細，故以其說法爲討論的依據，他們在《劉勰論創作》一書中共歸納出五項用法：〔註12〕

（甲）道作爲文學藝術根源之「自然之道」；

（乙）道引申爲體現「自然之道」的儒家聖人經典之道；

（丙）道泛指道路或方法；

（丁）道指一般道理或學說；

（戊）道只指老莊道家之道。

前二者是屬於劉勰的專門用法，後三者則屬於一般用法。由此可以推知，劉勰所謂的「道」不是指一般意義的道理、道路或某一家的學說，而是就「道」的形上義這一點上來說的。

〔註10〕同註9，頁21。

〔註11〕周振甫的說法，請參考周著的《文心雕龍今譯》一書（中華書局香港分局，1986年），初版，頁533～535；杜黎均的說法，請參考杜著的《文心雕龍理論研究和譯釋》一書（臺北：谷風出版社，1987年），頁46～54。至於牟世金與陸侃如師生的說，請詳註12。

〔註12〕請參考陸侃如、牟世金，《劉勰論創作》（合肥：安徽人民出版社，1982年），二版，頁102～103。

　　上面的討論，都是爲了解決我們「應該如何來理解『道』？」的問題。
經由上面的討論，我們可以歸結出兩點簡單的線索，來回應幫助問題的解決，
以便作爲下面討論的依據，這兩點是：

　　（一）以原文的客觀理解爲基礎，分析劉勰關於「道」一詞的確切意涵，
　　　　　再進行所謂思想探源的工作。

　　（二）以其作爲專門術語的形上義作爲討論劉勰所謂「道」的基本線索。因
　　　　　爲劉勰作爲專用義的「儒家聖人經典之道」，基本上，乃是「道」的
　　　　　形上義的引申，故仍以「道」的形上義作爲掌握「道」的基本線索。

基於上面的論述，採取由形上觀點來論述「道」與「文」的關係，從而探知「道」
所具有的理論意涵，及其在文學探索上的意義的論證方向，乃是可行的。

　　第一，道爲文學（采）的存在根源。劉勰認爲天地萬物皆有文采，故〈原
道〉篇中舉天、地之文來含蓋萬物之文的存在，他說：「日月疊璧，以垂麗天
之象」，天之象即天之文。又說：「山川煥綺，以鋪理地之形」，地之形即地之
文；天之文與地之文，合而言之，即天地之文。天地者，乃萬物之總名，〔註
13〕可見劉勰在此是舉天地之文以包萬物之文的存在。劉勰也認爲，文采的存
在是與天地一同產生的，〈原道〉篇說：「文之爲德也大矣，與天地並生者何
哉？」文即文采。劉勰並認爲，文采的存在是遍在於天地萬物上，〈原道〉篇
說：「傍及萬品，動植皆文」，萬品就是萬物的意思。不獨萬物的存在有文采，
人的存在亦有文采，〈序志〉篇中說：「夫人肖貌天地，稟性五才，擬耳目于
日月，方聲氣乎風雷，其超出萬物，亦已靈矣」。人的文采存在，並不止於外
在的形貌，而更在於人具有性靈獨鍾的創造心靈，〈原道〉篇說：「惟人參之，
性靈所鍾，是謂三才，爲五行之秀，實天地之心」，所謂「天地心之」，即是
參贊天地的內在根源，就是文學創作的總根源，也就是人的心靈。劉勰就是
從人爲「有心之器」這點來說人的存在是「超出萬物，亦已靈矣」。人因爲有
心，故內在於人心的文采必須經過一創作的過程才能顯發出來，〈原道〉篇說：
「心生而言立，言立而文明，自然之道」，由「言立」一詞，可見劉勰是專門
針對文學的創造來立說。其他萬物的文采存在則爲天生如此，〈原道〉篇說：
「形立則章成矣，聲發則文生矣」。

　　劉勰把天地萬物的文采存在，推源於「道」，〈原道〉篇說：「此蓋道之文

〔註13〕郭象注《莊子・逍遙遊》第一說：「天地者，萬物之總名也。」清郭象慶藩
　　　　編，《莊子集釋》（臺北：木鐸出版社，1988年），再版，頁20。

也」，文采的存在既遍在於天地萬物，則「道」亦是遍在於天地萬物的，故「道」具普遍性。「道」遍在於天地萬物，而爲天地萬物之文，「道」內在於人，則爲人的心神之用，故由人的心神之運可以有文采的產生，〈原道〉篇說：「心生而言立，言立而文明」，由這句話的「心生」與「文明」二語可知，文學（采）的產生根於人的心神之運。然而劉勰也把文學（采）存在推源於「太極」，〈原道〉篇說：「人文之元，肇自太極」，所謂「人文」，在劉勰的理論中指的是文學（現代使用的名詞）或文章（當時使用的名詞）。所謂「太極」，即指天地未分之前的元氣。〔註 14〕劉勰所以將文學推源於太極，殆在推源於太始，以明文采原始的存在狀態。總言之，「道」與「太極」皆爲文學（采）存在的根源，之所以有稱謂的不同，乃在於劉勰推源的用意有別，王弼《老子指略》說：「稱必有所由」，又說：「『道』也者，取乎萬物之所由；『玄』也者，取乎幽冥之所出也」，〔註15〕依此，則「太極」也者，取乎混沌元氣之所出。

劉勰在〈原道〉篇開宗明義便追問「文之爲德」的問題，劉勰回答說：「此蓋道之文也」。由此可見，「文之爲德」乃是針對「道」一概念來說的。「文之爲德」即文采所得以然者。《管子‧心術上》云：「德者，得也。得也者，其謂所得以然也。」〔註16〕文采所得以然者，其背後的根據即是「道」。王弼注《老子》五一章「是以萬物莫不尊道而貴德」一句說：「道者，物之所由也；德者，物之所得也。由之乃得，故不得不尊，失之則害，故不得不貴」，〔註17〕「道」作爲萬物文采的存在根據，亦不得不尊，不得不貴，故劉勰盛讚「文之爲德也『大』矣」。「道」作爲萬物文采的存在根據，乃來自於劉勰的形上假設。既爲形上假設，本身即不能被分析證實。既不能被分析證實，又如何證明「道」的存在？王弼《周易略例‧明象》云：「物無妄然，必由其理」，〔註18〕即假設萬物的存在，必然有其存在的理據。在這個前提下，我們可以根據天地萬物的存在，來推知其存在根據的存在。由此可見，「道」的存在是承認這個前提下的共識。「道」

〔註14〕請參見孔穎達《周易正義》解釋「易有太極」一句說：「太極謂天地未分之前元氣，混而爲一，即是太初、太一也。」（臺北：藝文印書館，十三經注疏南昌府學開本）。

〔註15〕請參見樓宇烈校釋，《老子周易王弼注校釋》，（臺北：華正書局，1983 年），初版，頁 196。

〔註16〕請參見〔唐〕房玄齡注，《管子》（臺北：臺灣中華書局，1966 年，四部備要中華書局據明吳郡趙氏本校刊），卷一三頁 3 下。

〔註17〕同註 15，頁 137。

〔註18〕同註 15，頁 591。

既爲萬物文采的存在根據，則「道」與文采的存在是一體。如果用王弼「體用如一」的觀念來說，則「道」即爲形上「本體」，而文采存在的種種表現就是「用」，就是這形上本體的體現。

　　劉勰論「文」從最遠古的天地初分之始談起，是爲了確立文采存在的本源。在劉勰的文學思想中，「道」爲形上本體，而天地間的文乃「道」的種種表現，儘管天地之文各有不同的表現形態，論其「終極本體」則只有一個即是「道」，此爲劉勰所以要「原道」，所以要說：「文心作也，本乎道」（〈序志〉篇語）的原因。「體用如一」爲劉勰文論的基本理論方法，故劉勰在〈序志〉篇自覺地說「振葉以尋根，觀瀾而索源」，此即預設了「體用如一」的觀念，意即透過萬有的種種表現，而可以探知其本體，換言之，如果要掌握萬有的種種現象，就必須先了解其本體。而此與王弼所說「知其母而執其子」、「本末不二」〔註19〕的思想是相通的，母是本，而子是末。劉勰也說本末的道理，〈宗經〉篇中說：「正末歸本」，在〈詮賦〉篇說：「逐末之儔，蔑棄其本」，又〈總術〉篇說：「務先大體，鑒必窮源；乘一總萬，舉要治繁」皆是其例。而這與魏晉玄學中「舉本統末」、「體用如一」的思想是一致的，王弼《周易略例・明象》說：「統之有宗，會之有元，故繁而不亂，眾而不惑」，又說：「自統而尋之，物雖眾，則知可以執一御也」〔註20〕皆同其例。總上所言，劉勰認爲「道」是萬物之文的存在根據，此爲劉勰的形上預設。由此而引申出「體用如一」與「本末不二」的理論方法，而這是貫串劉勰文藝理論的基本方法。

　　第二，「道」爲文學的價值根據。劉勰認爲，文學的創造應該接受「天文」的啓示。〈原道〉篇說：「仰觀吐曜，俯察含章，高卑定位，故兩儀既生矣」，從文化演進的歷史來說，中國文學的起源與發展都是接受「天文」的啓示而來的。而這整句話是劉勰化用《周易・繫辭上》之成語而來，意即聖人仰觀天文，俯察地理，將天地定位，天尊地卑，而有「易有太極，是生兩儀」的記載。〔註21〕換言之，《周易・繫辭上》的兩儀之說，乃是古代聖人受天文啓示而來。所謂「天文」，即是體現「道」的自然界的文采。在〈原道〉篇的「贊」中也說：「天文斯觀，民胥以效」，可見劉勰是結合文學演進的歷史事實與文

〔註19〕　語出王弼，《老子指略》，同註14，頁196。
〔註20〕　同註15，頁591。
〔註21〕　《周易・繫辭》上說：「仰以觀于天文，俯以察於地理」，說：「天尊地卑，乾坤定矣」，又說：「易有太極，是生兩極；儀生四象，四象生八卦。」劉勰原文即化用這些句子而來。同註14，分別見於頁539、535、553。

學創作的理想這兩點來說，文學的創作應該接受天文的啓示。

文學創作爲何要接受天文的啓示呢？因爲天文是「道」的具體體現。〈序志〉篇說：「蓋文心之作也，本乎道，師乎聖，體乎經」，爲什麼劉勰會主張「徵聖」、「宗經」呢？因爲聖人的經典是體「道」的作品，〈原道〉篇說：

> 爰自風姓，暨於孔氏，玄聖創典，素王述訓。莫不原道心以敷章，研神理而設教。取象乎《河》《洛》，問數乎蓍龜，觀天文以極變，察人文以成化。然後能經緯區宇，彌綸彝憲；發輝事業，彪炳辭義。故知道沿聖以垂文，聖因文而明道，旁通而無滯，日用而不匱。《易》曰：「鼓天下之動者存乎辭」。辭之所以能鼓天下者，迺道之文也。

據引文，「爰自風姓，暨於孔氏，玄聖創典，素王述訓」，這些都是劉勰所謂「聖人」。在劉勰的理論中，所謂「聖人」，是特指孔子以前那些會寫文章的聖人或賢人，〔註22〕而這些聖人所寫的文章，莫不接受了天文的啓示，而以體現「道」爲創作的終極目標，故說：「故象乎《河》《洛》，問數乎蓍龜，觀天文以極變，察人文以成化」，故說：「道沿聖以垂文，聖因文而明道」。可見劉勰是把文學的價值根據放在「道」，認爲文學的最高價值就在體現「道」。由此可以推知，劉勰之所以主張「徵聖」。因爲「道」是透過「聖人」才得以體現出來；之所以主張「宗經」，因爲聖人的經典是體「道」之文。

聖人如何能接受天文的啓示呢？劉勰認爲人是天地間最優秀存在，〈序志〉篇說：「其超出萬物，亦已靈矣」。又認爲人具有足以接受天文啓示的「道心」，〈原道〉篇說：「莫不原道心以敷章，研神理而設教」，「原道心」與「研神理」互文見義，所謂「道心」即指人心之足以研神理者。所謂「神理」，是指天地神明之理，故「道心」亦稱「天地之心」。其所研之神理，說到最高最上即是終極「道」體的幽微之理。而能與此幽微「道」體冥契相通的，惟有人所特稟的「道心」。劉勰認爲，「道」體幽微不可得見，則「道心」如何與「道體」契接呢？劉勰認爲，「道心」可以藉著「道」體所具現的「天文」來掌握「道」體的幽微之理。這種人心可以窺測神理之說，大概是自漢代以來就頗爲流行，故李善注引曹大家的話說：「言人參於天地，有生之最神靈也，誠能致其精誠，則通於神靈，感物動氣，而入微者矣。」〔註23〕又《周易·

〔註22〕據劉勰在〈原道〉篇中的描述，是指從伏犧氏，經夏商周的聖王至孔子時集大成。故他說：「爰自風姓，暨于孔氏，玄聖創典，素王述訓」。
〔註23〕請參蕭統，《李善注昭明文選》（臺北：河洛圖書出版社，1980年），一版，上

繫辭下》韓康伯注說：「理而無形，不可以名尋，不可以形者也。唯神也不疾而速，感而遂通，故能朗然玄昭，鑒於未形也。」〔註24〕所謂「神靈」、「理而無形」皆指神理，對這種神而不測之理，只有人的心神可以感而通之而鑒於未形。

　　由上面之討論可知，「道」為文學的價值根據。「道」既作為文學的價值根據，故文學創作應依循天道，才能挺立文學的真正價值。如果把價值根據放在聖人，而劉勰所謂「聖人」，又特指孔子以前那些遠古時代的聖王或賢人，那麼不是聖人就寫不出好文章，這樣一來，將如何挺立文學的價值？如果把文學的價值根據放在聖人的經典上，聖人的經典雖是學習文章的典範，但畢竟是過去時代的典型，一時代有一時代的文學，不能把它當作唯一的價值標準，故劉勰在〈辨騷〉篇提出文學新變的典範：屈原的《離騷》。由此可見，如果把文學的價值放在聖人或聖人所寫的經典上，則文學的價值就不能開放出來，因為聖人或聖人的經典都是一有限的存在，只有把價值根據放在「道」上，文學事業才能真正開放出來，因為「道」具無限性，故〈原道〉篇說「道」乃「旁通而無滯，日用而不匱」，可見「道」並不是一個有限的存在，黃季剛先生也認識到了這一點，故他說：

> 道者，玄名也，非著名也。玄名故通於萬理。……夫堪輿之內，號物之數曰萬。其條理紛紜，人鬢蠶絲，猶將不足彷彿。今置一理以為道，而曰文非此不可作，非獨昧於語言之本，其亦膠滯而罕通矣。察其表則為緩言，察其裏初無勝義。使文章之事，愈痛愈削，寖成為一種枯槁之形。〔註25〕

黃氏針對文學發展的開放性來說，認為「道」為一玄名，故無所立說；無所立說，就不會產生「置一理以為道，而曰文非此不可作」，獨斷的文學觀念，而把文學之開展拘限於「一理」之中。劉勰以「道」作為文章的價值根源，而對「道」的內容無所規定，這樣的「道」是不取肯定的方式來呈現，只取否定的方式來呈現，即從解除或超越世間唯一標準的方式來呈現。如果說這是劉勰立「道」的根本用心，則這種立「道」的用心可能是受當時魏晉玄學的影響，而可以遠溯自老莊。王弼注《老子》三十八章說：「載之以道，統之以母，故顯之而無所

　　冊，頁297。

〔註24〕同註15，頁563。

〔註25〕請參考《文心雕龍札記》（臺北：文史哲出版社，1973年），再版，頁12～13。

尚，彰之而無所競。」〔註26〕「道」既為一形上根據，不取肯定的方式來呈現，自能顯之而無所尚，彰之而無所競，因為一有肯定，就有相對性，肯定了這一面，必然會否定另一面。這樣一來，就無法發揮它的「旁通而無滯，日用而不匱」之絕對性的作用。因此，把價值之終極根源放在這形上的「道」體上，為了破除執求只有一元的價值標準，進而開放文學的多元價值。

第三，「道」作為宇宙規律的根據。劉勰〈書記〉篇說：「陰陽盈虛，五行消息，變雖不常，而稽之有則」，可見劉勰已自覺地在掌握「稽之有則」的宇宙規律。而宇宙規律的形成與陰陽思想有密切的關係，〈物色〉篇說：「陽氣萌而玄駒步，陰律凝而丹鳥羞」，即為由陰陽二氣形成的宇宙規律。又〈原道〉篇說人的存在是「為五行之秀，實天地之心」，陰陽、五行皆是陰陽家常用的語詞。而劉勰以規律言「道」，究其源乃出於陰陽家之思想。何以知劉勰以規律言「道」呢？〈原道〉篇說：「心生而言立，言立而文明，自然之道也」，「自然」指的是文學創作的本性或本真，而劉勰用「心生而言立，言立而文明」來規定文學創作的本性或本真，「心生而言立，言立而文明」為文學創作之根本規律，可見劉勰以規律來言「自然」。「自然」為「道」之性質，劉勰透過「自然」來言「道」，「自然」含宇宙規律義，則「道」亦含宇宙規律義。〈麗辭〉篇說：「心生文辭，運裁百慮，高下相須，自然成對」，旨在說明創作對偶的客觀規律，與同篇上文之「造化賦形，支體必雙，神理為用，事不孤立」之言互見，可見「道」作為宇宙規律之根據，因為「神理」、「造化」與「道」皆屬形上語詞，實為一事。

劉勰為何以「自然」來言「道」呢？「自然」一詞在當時的共通用法中具有終極性與必然性的意義。從道的方面來說具有終極性，故王弼注《老子》第二十五章說：「法自然者，在方而法方，在圓而法圓，於自然無所違也。自然者，無稱之言，窮極之辭也。」〔註27〕又說：「自然，其端兆不可得而見也，其意趣不可得而也。」〔註28〕《昭明文選》李善注〈遊天台山賦〉也說：「自然，謂道也」〔註29〕皆是其例，「自然」在此皆指那個具形上意義的終極實體；從物的方面來說具有必然性，故郭象注《莊子·知北遊》說：「言此皆不得不然而自然耳，

〔註26〕同註15，頁95。
〔註27〕同註15，頁65。
〔註28〕同註15，頁41。
〔註29〕同註23，上冊，頁224。

非道能使然也。」〔註30〕又郭象注《莊子・逍遙遊》說：「皆不知所以然而自然耳。自然耳，不爲也。」〔註31〕爲了排除人爲規範的干擾，故郭象以不得不然來說「自然」，「自然」在這裏即具必然性或客觀性，劉勰爲了替文學創作尋求一個不變的準則，故用「自然」一詞來表示其理論規律的終極性與必然性，說明這樣的準則是由不得人們選擇，而又能令人信服的。因此，劉勰用「自然」一詞來表示這個創作規律的終極性與必然性是非常適合的。

「道」一詞，在魏晉玄學中與「自然」一詞同意。除了「自然」觀念，其他如：「太極」、「神理」、「造物」等諸詞，與「道」一樣，皆屬溯源性的語詞。爲什麼會有這些不同的稱謂呢？我們可以把「道」視爲是總說，而其餘則爲分說。或如王弼所說，乃由於所取之義不同使然，王弼注《老子》五十一章說：「隨其所因，故各有稱焉」，〔註32〕故王弼在《老子指略》中說：「故涉之乎無物而不由，則稱之曰道；求之乎無妙而不出，則謂之曰玄。妙出乎玄，眾由乎道」〔註33〕旨在說明這些形上語詞之取義緣由。或由不同的理論家所採用的語詞亦不同，阮籍〈通老論〉說：「道者，……《易》謂之太極，《春秋》謂之元，《老子》謂之道」。〔註34〕而這些溯源性語詞之使用，也反映了六朝追探本源之思想。

第二節　文采存在的自然觀

本節的討論重點，是關於「文采的存在本質」的問題，用當時的話來說，是文學（采）的存在本性或本眞的意思。文學之所以爲文學，是因爲文學有「文」，故以「文采」爲稱。在前面已經提過，六朝文論界都側重從文學創作的角度來探討文學（采）的存在本性或本眞的問題，故本節所欲探究的問題，就變成是「文學創作的本性或本眞」的問題。對文學的研究來說，這是一個非常基本的問題，因此，對這個問題的看法不同，會影響文論家對文學問題的看法。六朝文論家有非常強的「體用如一」的觀念，因此，有的文論家就

〔註30〕同註13，頁743。
〔註31〕同註13，頁10。
〔註32〕同註15，頁137。
〔註33〕同註15，頁197。
〔註34〕請參見郭光，《阮籍集校注》（鄭州：中州古籍出版社，1991年），一版，頁92。

把這個問題的看法,視為是文學本體論的建構,如〔梁〕劉勰與鍾嶸就是非常顯著的例子,這在第一章第二節「研究資料之限制」中已概略提到。而且這二人在文學本體論的思索上,皆牽合了「自然」觀念,由此,而有文學本體論的自然觀的理論建構。

鍾嶸的理論建構上比較簡單,面對文學創作的本性或本真的問題,他是從掌握創作之本源的角度著手。他的文學本體論自然觀的主張,主要有兩個方面:一者,標舉「吟詠情性」為詩歌創作之大本源,《詩品·序》說:「至乎吟詠情性,亦何貴於用事?」他針對當時詩家的用典殆同書抄的形式末流,提出導正末流的根本大法,認為詩歌應以「吟詠情性」為根本。鍾嶸在此並標舉「自然英旨」以為詩歌創作總的原理的掌握。〔註35〕崇本可以舉末,詩歌創作上的用典等事,由此一本體觀念定住,即不致走上形式末流。鍾嶸標舉「吟詠情性」雖是針對用典一事來側重立說,但由鍾嶸對許多詩家的批評判斷中可知,「吟詠情性」實可擴大作為其他文學創作之事的本源。〔註36〕作為鍾嶸文論的根本理念的「自然」一詞,與「英旨」二字連詞而出,實為一具多重涵義的用詞。從文學本體上來說,鍾嶸的「自然」一詞是指文學創作的本性或本真的意思,指的是「吟詠情性」一事。

二者,鍾嶸是針對當時詩家創作聲律「務為精密」的風氣所提出的,欲由此一詩歌聲律創作的本源來定住聲律之追求,而不致走上形式末流之途。對於鍾嶸這一部分的探討,與〔宋〕范曄對聲律自然觀的看法,將在本節第二目「聲律存在的自然觀」中一併來討論。由此,詩歌創作是否以「吟詠情性」為本,聲律創作是否以「清濁通流,口吻調利」為本,皆是辨識詩歌創作是否自然的重要標準。

劉勰的理論建構就比鍾嶸來得複雜很多。劉勰文學本體論的自然觀乃是延續其文學形上論而來。「道」作為宇宙規律或創作規律的根據。而與「自然」一詞相關起來。劉勰以「自然」觀念來規定「道」,使「道」具有真實的意含。

〔註35〕請參見王叔岷,《鍾嶸詩品箋證稿》(臺北:中央研究院中國文哲研究所,1992年),頁97。

〔註36〕如鍾嶸上品評「古詩」條上說陸機所擬的十四首為:「意悲而遠,驚心動魄」(頁129);又評上品「漢上計秦嘉、嘉妻徐淑詩」說:「文亦悽怨」(頁209);又如:下品評「漢令史班固、漢孝廉酈炎、漢上計趙壹詩」說:「有感歎之詞」,又說:「懷寄不淺」(頁319)等,皆是其例,可以推知,鍾嶸甚為重視文學主體的內在感受。同註35。

因為劉勰是透過「自然」觀念來間接賦予「道」以實質內容。在劉勰文論中，「自然」一詞的基本含義是指事物的本性或本真。而劉勰以創作規律來規定「自然」，其實也就是規定了文學創作的本性或本真，這在本章的導言部分已經有所說明。故我們可由「自然」觀念來理出劉勰所欲確立的文學創作規律。「自然」一詞既指事物或文學創作的本性或本真，則由「自然」觀念所指出的宇宙規律或創作規律，則應具有客觀性與必然性。而劉勰認為這些由「自然」所指出宇宙規律或創作規律都是不得不然的，待下詳論。故關於劉勰文學本體論的自然觀，本節所討論的重點，即落在由「自然」所指出與確立的宇宙規律或創作規律上，探討這些客觀規律的實質內容，與「自然」一詞在相關文脈中的確切含義及其在文學探索上的意義。

劉勰〈情采〉篇中，將存在宇宙間的文采分為三種：形文、聲文與情文。〔註37〕情文只表現在人文中。因為劉勰文心一書是專論文章的，故所謂「人文」，就是指文學或文學創作之事。而形文與聲文，也呈現於自然界的事物中，但在人文上也有所表現。劉勰在〈麗辭〉篇中指出對偶之文的存在規律：「心生文辭，運裁百慮，高下相須，自然成對」，文學中的對偶可將之類比為宇宙中的形文。〔註38〕關於對偶文采的探討，筆者將於本節第三目中來詳論，並顯題為「對偶存在的自然觀」。

劉勰〈聲律〉篇中指出聲律文采的存在規律：「吹律胸臆，調鐘唇吻」，並把它推本於「人聲」，〈聲律〉篇說：「音律所始，本於人聲」，人聲即人類生理本性之自然。文學中的聲律之文也可類比為宇宙中的聲文。對於聲律文采的探討，筆者將於本節第二目中來詳討，並顯題為「聲律存在的自然觀」。

劉勰在〈原道〉篇中總論文采存在的客觀規律，包括人文與物文。劉勰指出物文的總存在規律為：「形立則章成矣，聲發則文生矣」，認為乃「夫豈外飾，蓋自然耳」。劉勰也指出人文的總存在規律為：「心生而言立，言立而文明，自然之道也」。另外，劉勰在〈明詩〉篇也提到關於文學發生的規律為：

〔註37〕劉勰《文心雕龍・情采》篇說：「立文之道，其理有三：一曰形文，五色是也；二曰聲文，五音是也；三曰情文，五性是也」。

〔註38〕因為劉勰在〈麗辭〉篇說：「造化賦形，支體必雙，神理為用，事不孤立。夫心生文辭，運裁百慮，高下相須，自然成對」，其中「支體必雙」、「事不孤立」指的是宇宙間成雙成對的文采，這種成雙成對的文采主要是訴諸視覺感受，劉勰將之與對偶創作的規律相關來看，可見劉勰將對偶文采類比為自然界的形文之意甚顯。

「人稟七情，應物斯感，感物吟志，莫非自然」，則可視爲是人文總存在規律之「心生」到「言立」中間過程的補充說明。對於文采存在本質的探討，筆者將顯題爲「文采存在的自然觀」，於本節第一目中來詳細討論。

第一目　文采存在的自然觀

　　創作活動要怎樣才算歸本於自然呢？這需要一個辨別的依據。劉勰所謂「心生而言立，言立而文明」的創作規律，就是辨別的依據。合此創作的客觀規律者，就是自然；違此創作的客觀規律者，就是不自然。那麼，要如何來掌握這個創作規律呢？我們要對此一創作規律作一些分析與綜合，以便了解這個創作規律有那些基本特徵？並作爲創作論與批評論的討論根據。

　　人文是如何存在的呢？劉勰說：「心生而言立，言立而文明」。由「言立」一詞，可見這裏所謂「人文」是專指與文字藝術相關的文章之事。再者，劉勰文論是專論文章的，故人文當然非指與文學藝術無關的東西。文學的藝術不能憑空產生，因此，脫離不了「人爲」因素。故劉勰在說明天文的形成時說，從「玄黃色雜」到「方圓體分」，在時間的變化中加入了空間的因素，表示不能抽象地理解文的存在，必須落實於某個時空之中。接著就提到人文的產生，除了時空的因素外又特別加入了「人爲」的因素，故〈原道〉篇有說到：「惟人參之」的話，劉勰進一步就提到「天地之心」的問題，是由於他認識到「心」才是人與文之間最基本的關連，故論人文的存在方式時首稱「心生」之言。

　　劉勰認爲人的「心」含文，故〈原道〉篇說：「言之文，天地之心」，人的心由「道」的立場來說，即「道心」或「天地之心」；文章有文，乃源自於人的道心，可見得人的道心含文。由上往下說，道作用在人身上，即爲人之心神的運作，亦即劉勰所謂的「心生」；道心含文僅爲一潛在的可能，必須藉由某種表達的媒介才能把它實現出來，故劉勰說「言立」，言即語言文字，但主要是指文字；藉著語言文字把文采實現出來，文采才能因此而彰明顯著，故劉勰稱之爲「文明」，由此可以推知，劉勰把「心生而言立，言立而文明」看作是一個整體，一個人文實現活動的完整過程。文章中鮮明的文采，伏源於含文的道心；道心含文若不藉由物體的媒介來固定，則無法實現出來成爲彪炳的文采，因此，「文明」是道心體現爲人文的最終成果，故「道心」是因，「文明」是果；而「心生」則是這個體現過程的起點，也是基礎，故「心生」爲整個活動過程的本源所在，我們可以把它看作是創作活動的主體因素。「言

立」則是道心體現的媒介與必要手段，亦是「文明」具體呈現的物理基礎與必要基礎，故我們可以把它看作是創作活動的客體因素。若沒有「言立」的過程，文采的存在始終為一種潛在的可能，不為能外人所感知，故由「心生」到「言立」再到「文明」的過程，是一個由隱到顯、由內到外的過程。劉勰並認為在這一整個過程中，前件與後件關係密切，而且呈現出一種次序性，這種次序關係可以由「心生『而』言立，言立『而』文明」中的兩個「而」字看出來，而這種次序關係，是時間上的必然，亦是價值上的必然，因為「心生」不僅是整個創作活動的起點，也是本源所在；以主體因素為本源，本身即展示一種價值上的必然次序。而這樣的次序關係不是可以隨意錯亂與變換，充分地展示出整個創作活動的一種客觀的規律性，而此一創作規律的客觀性與必然性，亦可由創作規律本身之不得不然處見出，請參看第二章第二節的說明。

由上面的分析，我們可以綜合出劉勰對於創作規律的四點基本特徵：

（一）是整體性。即創作規律中的每個單位彼此相關，融貫成一個和諧的整體，故〈情采〉篇說：「若乃綜述性靈，敷寫器象，鏤心鳥迹之中，織辭魚網之上，其為彪炳，縟采名矣。」我們把它扣合到人文創作的總規律來說，所謂「綜述性靈，敷寫器象，鏤心鳥迹之中」即為「心生而言立」的過程，而「織辭魚網之上，其為彪炳，縟采名矣」則為「言立而文明」的過程；由此可見，劉勰認為這個創作規律中的每個環節彼此相關，和諧一體；此為整個創作規律落實於創作活動中的具體說明。

（二）是以主體因素為本源。即主體因素是創作活動的本源或動因，故劉勰在〈情采〉篇中主張文章寫作要「為情造文」而不要「為文造情」；又說：「文質附乎性情」、「辯麗本於情性」之言，顯見劉勰認為文章的表現亦應以主體因素為本源。

（三）是由內到外或說由隱至顯。亦即劉勰認為整個創作過程，是一個由內外到，由隱至顯的過程，故〈情采〉篇說：「五情發而為辭章」；〈體性〉篇也說：「情動而言形，理發而文見，蓋沿隱以至顯，因內而符外也。」這裏所謂「沿隱以至顯」是由「情動」、「理發」逐漸向「言形」、「文見」落實的過程，扣緊人文存在的總規律來說，「情動」、「理發」可類比「心生」，而「言形」、「文見」則為「言立」與「文明」，其中「心生」是本源，用因果關係來說，「心生」是因，而透過語言文字所表現出來的文采即是果，故劉勰說「因內而符外」。

（四）是爲一必然的次序關係。劉勰的創作規律除了展示一種時間上的必然次序，同時也展示一種價值上的必然次序，故〈情采〉篇說：「情者文之經，辭者理之緯；經正而後緯成，理定而後辭暢，此立文之本源也。」其中兩說「而後」，除了說明時間上的先後次序，同時也說明了價值先後的抉擇問題，故〈情采〉篇中認爲文章創作應以「述志爲本」，而「言與志反，文豈足徵」，劉勰在這裏即展示出情感與文采的價值抉擇，而此價值上的抉擇即緊扣在劉勰所謂「心生而言立，言立而文明」的人文創造規律上。

以上四點，是由「心生而言立，言立而文明，自然之道也」所演繹出來的創作基本理則，這些創作的基本理則，將作爲劉勰創作論與批評論的理論根據。

文學的創作本性或本眞，有時與文學的起源有密切的關係。〈明詩〉篇說：「人稟七情，應物斯感，感物吟志，莫非自然」，劉勰顯然以「自然」觀念來確立文學發生的規律，這其實是扣緊著「心生而言立，言立而文明，自然之道也」的「心生」來立論的，側重在文學情感之發生來說的。「自然」一詞，是針對「人稟七情，應物斯感，感物吟志」來說的，指的是文學發生的本性或本眞。而劉勰以「人稟七情，應物斯感，感物吟志」的規律來規定文學發生的本性或本眞。則此一文學發生的規律爲一必然或客觀的規律。從文學發生的規律本身來說，「人稟七情」乃生而如此，不學而能，故爲不得不然。既有此天性，則「應物斯感」，亦是不得不然。再則，有所感必有所發，有所感而不發非人的本性。故「感物吟志」亦是不得不然的。若從陰陽思想的角度出發，人與萬物皆同稟陰陽之氣，故能同氣相求，在這個思想基礎上，「人稟七情，應物斯感，感物吟志」亦是不得不然的。因此，此一文學的發生規律爲一客觀與必然的規律。從文學發生的客觀規律來看，文學創作必然根於心，故劉勰文學創作的總規律以「心生」爲起點與基礎。文根於心，乃傳統文論的繼承，也是六朝文論家的共識。

劉勰論物文的存在規律，是爲了對顯人文存在規律的特色爲：人文根於心，故劉勰〈原道〉篇說：「夫以無識之物，鬱然有采，有心之器，其無文歟」。劉勰認爲物文的存在方式是「形立則章成矣，聲發則文生矣」，並推其根源爲「夫豈外飾，蓋自然耳」，這句話的意思是豈由外力，乃自己如此的意思。如何能不由外力，自己如此呢？乃由於事物的本性使然。所謂「自然」，相對於人爲外力言，即爲天然之意，故「自然」一詞，在這裏是指事物的存在本性，

與「天然」一詞同義。《三國志・蜀書・秦宓傳》說：「夫虎生而文炳，鳳生而五色，豈以五采自飾畫哉？天性自然也。」〔註39〕相類的語意脈絡，可以為佐証。物文與人文雖同本於「自然」，但物文之「自然」乃是生而如此，不學而能的天然本性，而人文的「自然」則需要經過學習的過程，才能把內在的文學本性很好地發揮出來，由此以見「言立」過程之意義。因此，人文創作的「自然」，是必須經過學習的過程才能達致的，換言之，創作技巧的學習是達到文學創作「自然」的必要手段。

　　以上都是在理論上說的，現實上卻未必能夠常保，往往有失其本眞而不自然的情況。劉勰基於現實的感懷，對於這種央逝妄作的情形一再地加以描述，故〈情采〉篇中說：

　　　　故為情者要約而寫眞，為文者淫麗而煩濫。而後之作者，採濫忽眞，
　　　　遠棄風雅，近師辭賦。故體情之製日疎，逐文之篇愈盛。故有志深
　　　　軒冕，而汎詠皐壤，心纏幾務，而虛述人外，眞宰弗存，翩其反矣。

在這裏劉勰認為，「體情之製日疎，逐文之篇愈盛」這種文學失常的現象，是由於有些文學家「採濫忽眞，遠棄風雅，近師辭賦」、「志深軒冕，而汎詠皐壤，心纏幾務，而虛述人外」等人為妄作而導致文學創作失其本眞。從這裏也可以看出劉勰的「自然」，又是針對這種央逝妄作的不自然來說的。劉勰〈情采〉篇又說：

　　　　聯辭結采，將欲明經；采濫辭詭，則心理愈翳。固知翠綸桂餌，反
　　　　所以失魚。「言隱榮華」，殆謂此也。是以「衣錦褧衣」，惡文太章；
　　　　「賁」象窮白，貴乎反本。夫能設模以位理，擬地以置心，心定而
　　　　後結音，理正而後摛藻。

劉勰認為，「采濫辭詭」乃人為的妄作文飾，而導致「言隱榮華」失其文學的本眞，故劉勰主張返本，如何才能返本呢？劉勰說：「夫能設模以位理，擬地以置心，心定而後結音，理正而後摛藻。使文不滅質，博不溺心」這裏顯然是扣緊「心生而言立，言立而文明」文章創作的客觀規律來說的。由此可知，文章創作要能因順此客觀規律，才能歸本於自然，表現在文章上，也才能文質彬彬，亦即劉勰在〈徵聖〉篇所說的「銜華而佩實」。由此可見，不妄作文飾是歸本自然的必要手段。

〔註39〕請參見《三國志》（臺北：鼎文書局，1976年），卷三八頁974。

第二目　聲律存在的自然觀

　　〈情采〉篇說：「五音比而成韶夏」，劉勰溯其源爲「神理之數」。神理爲溯源性的語詞，有時稱爲「神理之數」，與「自然」、「道」實爲一事，如何得知呢？「五音比而成韶夏」的「五音」，乃宮商角徵羽，指人類的五種音階。劉勰〈聲律〉篇說：「音律所始，本於人聲者也」，「人聲」乃是人類生理的本性，而這種生理本性是不學而能，天生如此的存在，就是自然。因此，自然觀念在此是隱而不顯的。五音推其源爲「神理之數」，音律推其源爲「自然」，由此可知，自然與神理之數即是一事。《周易‧繫辭》上說：「陰陽不測之謂神」，〔註40〕故神理即在形容「自然」的神妙作用。劉勰即用此隱藏或預設的「自然」觀念，來指出或確立文章音律創作的本源。

　　「人聲」是怎樣一種生理的存在呢？首先，人聲中含高低的宮商之氣，而此宮商之氣推其源乃來自於生理的血氣。劉勰〈聲律〉篇說：「聲含宮商，肇自血氣」，所謂「血氣」，即指人生理上的生命力。〔註41〕人稟氣而生，氣在人體之中，則爲血氣，故推音律之本源於血氣亦是究竟。其次，對人聲中宮商音律之安排乃根於心。劉勰在〈聲律〉篇說：「聲萌我心」，又說：「言語者，文章關鍵，神明樞機」，很明顯地，是扣緊劉勰文根於心的基本主張而來。再其次，人聲在文章聲律上的表現，必得透過言語爲中介。言語中含有音樂規律，而言語中的音律之美，乃是透過人的發音器官來展現的。換言之，文章聲律之美必須藉由人的發音器官來表現，〈聲律〉篇說：「吐納律呂，脣吻而已」，脣吻即總括人類的發音器官來說，或說劉勰是側重就脣吻來說人類的發音器官。由此可以想見，古人所以注重文章之朗誦，其來有自。又現代人較少朗誦文章，即使是默讀亦是讀，文章的音律作用仍是存在的。因此，脣吻可說是人聲合不合律的一個天然的調節器官。劉勰即由此來確立文章聲律自不自然的辨識標準。

　　〈聲律〉篇的「贊」中說：「吹律胸臆，調鐘脣吻，……割棄支離，宮商難隱」，劉勰在此指出創作文章聲律的基本規律爲「吹律胸臆，調鐘脣吻」，而這一基本規律的指出與確立，實亦不離自然觀念的牽合。就「吹律胸臆」言，其所強調的文根於心的主張，其實即扣合著「心生而言立，言立而文明，

〔註40〕同註15，頁543。
〔註41〕請參考朱榮智，《文氣論研究》（臺北：臺灣學生書局，1986年），初版，頁39。

自然之道也」的「心生」來立論的，可見劉勰理論體系的嚴密性。就「調鐘唇吻」言，由前面的論證，唇吻既是人聲合不合律的一個天然的調節器官，而人聲乃是人類生理的本性，也就是自然。儘管自然觀念在此是隱而不顯的。但細尋其旨其所隱含的自然觀念仍然非常顯豁易見。由此，文章聲律的創作要怎樣才算自然呢？合於「吹律胸臆，調鐘唇吻」此基本規律，就是自然，失此基本規律，就是不自然。

　　〔梁〕鍾嶸亦提出詩歌聲律創作的自然觀，其《詩品・序》說：

　　　於是士流景慕，務為精密。襞積細微，專相陵架。故使文多拘忌，
　　　傷其真美。余謂文製，本須諷讀，不可蹇礙，但令清濁通流，口吻
　　　調利，斯為足矣。至平、上、去、入，則余病未能。蜂腰、鶴膝，
　　　閭里已具。〔註42〕

鍾嶸認為，詩歌聲律之創作本真為「清濁通流，口吻調利」。如何得知呢？「清濁通流，口吻調利」是相對於襞積細微，務為精密的「四聲八病」而主張的。如果詩家以「四聲八病」為創作的準則，則在詩歌聲律的創作上，就難免造成「襞積細微，專相陵架」情況，而導致「文多拘忌，傷其真美」，這樣一來，就失其聲律創作之本真。反過來說，要如何才能合於聲律創作之本真呢？鍾嶸由此提出「清濁通流，口吻調利」為創作詩歌聲律的準則，而此一準則即為聲律創作之本真。相對於「四聲八病」的人為聲律規定，此一聲律創作的本真，就是自然。由此可以推知，鍾嶸所提出「清濁通流，口吻調利」的主張，非針對批評之事而來，乃是針對創作之事而立言。因為站在批評的觀點，詩歌聲律無論主張人為音律，或主張自然音律，「清濁通流，口吻調利」都是共同的要求，故從批評上無由見出彼此理論主張的不同。

　　詩歌聲律的創作，只要能定住此一根本準則，則詩家無論如何追求詩歌聲律的和諧與流利，皆不致使詩歌聲律的追求走入末流。鍾嶸在此所提出之「清濁通流，口吻調利」，與劉勰的「調鐘唇吻」的主張非常相近，都是訴諸口吻的流不流利為斷。鍾嶸的時代稍後於劉勰，而他的這種主張乃是基於常識觀點而來，故說：「本須諷讀，不可蹇礙」。而劉勰則更推其本於「人聲」，這是他們之間不同的地方，雖然諷讀亦不離人聲，但兩者畢竟有所不同。

　　另外，〔宋〕范曄〈獄中與諸甥姪書〉一文說：

〔註42〕同註35，頁111～112。

性別宮商，識清濁，斯自然也。〔註43〕

在這裏，「性」即天性或本性的意思。這句話旨在說明人有辨識宮商清濁的音樂本性。范曄這個說法，其實可與劉勰之言互証，劉勰在〈聲律〉篇中曾提到說：

古之教歌，先揆以法，使疾呼中宮，徐呼中徵。夫商徵響高，宮羽聲下。抗喉矯舌之差，攢脣激齒之異，廉肉相準，皎然可分。

這裏所謂「喉舌脣齒」，皆是人的發音器官，人不但會發音，而且還會分辨音的高下，故劉勰說「廉肉相準，皎然可分」。所不同的是，范曄更側重在「人有辨識宮商清濁的音樂本性」這點上來說明「自然」的觀念。

第三目　對偶存在的自然觀

劉勰在〈麗辭〉篇說：

造化賦形，支體必雙，神理爲用，事不孤立。夫心生文辭，運裁百慮，高下相須，自然成對。

據引文，「支體必雙」、「事不孤立」二句話是說宇宙存在著成雙成對的文采。而這些成雙成對的文采推其源乃「造化賦形」，乃「神理爲用」。就〈原道〉篇的立說，宇宙天地間的文采存在皆推源於「自然」，由此，「造化」、「神理」與「自然」應屬一事。這樣一來，存在宇宙間成雙成對的文采應推源於「自然」，而表現在文學創作中的對偶文采，亦當推源於「自然」。故「心生文辭，運裁百慮，高下相須，自然成對」的對偶創作規律實亦源於「自然」。又此一創作對偶之規律，很明顯地，是扣緊「心生而言立，言立而文明，自然之道也」的文學創作總規律來立論，這也說明了人文與物文存在特質的區別可以在人文本於心這點上見出。其中「心生文辭，運裁百慮」，即是扣合到「心生」上來說的，用意在推源對偶文采之創作根源於人心之生。而「高下相須，自然成對」，便是扣合到「文明」上來立說，用意在說明對偶文采的完成，由此可見，劉勰理論體系的嚴密性。既是扣緊「心生而言立，言立而文明，自然之道也」來立論，則「心生文辭，運裁百慮，高下相須，自然成對」的對偶創作規律就不能說與「自然」觀念無涉。由上面的討論可以推知，「心生文辭，運裁百慮，高下相須，自然成對」的對偶創作規律實由「自然」觀念所指出

〔註43〕請參見〔清〕嚴可均校輯，《全上古三代秦漢三國六朝文》（北京：中華書局，1958 年），一版，全宋文卷一五頁 11。

與確立。「心生文辭，運裁百慮，高下相須，自然成對」中的「自然」一詞的含義爲何？「自然」與「成對」一詞連詞，「自然成對」乃是針對前面「心生文辭，運裁百慮，高下相須」來立論的。人天生就會對對子，故劉勰才會將創作對偶的規律推源於「心生文辭」，「心生」乃對偶創作的內在根源。又〈麗辭〉篇說：

> 唐、虞之世，辭未極文，而皋陶贊云：「罪疑惟輕，功疑惟重」，益
> 陳謨云：「滿招損，謙受益」，豈營麗辭，率然對爾。

劉勰認爲，唐虞時代的人並不特別講究對偶的創作，但從他們所留下來的作品中莫不充滿了對偶之文，可見乃本性使然，故劉勰說「『率』然對爾」，所謂「率」即率性，也就是率其本性的意思。對於「率」解爲「率性」，有郭象注《莊子・大宗師》之言「夫率性直往者，自然也」可以爲証。〔註44〕由此可見，對偶的創作乃由於本性。對偶的創作既由於本性，則經過文學心靈的鎔鑄構設「運裁百慮」，使其「高下相須」，則必「自然成對」，由此可見，此一對偶創作規律的形成乃是不得不然的，故亦具有必然性與客觀性。這樣一來，「自然成對」的「自然」一詞，乃是必然的意思，而此一「必然」義乃是就對偶創作規律之內在秩序的「必然」來立論的，因此「自然成對」即指必然成對的意思。

　　劉勰認爲對偶的創作，從唐虞時代的不自覺到漢代「揚馬張蔡，崇盛麗辭」（〈麗辭〉）的自覺特意經營對偶的創作，然此一對偶創作規律是不變的。因此，對偶要如何創作才是自然呢？這就需要一個辨識的標準，這個辨識標準就是「心生文辭，運裁百慮，高下相須，自然成對」的客觀規律。能合此對偶創作的規律，就是自然，失此對偶創作的規律，就是不自然。由「自然」所指出與確立的此一對偶創作的客觀規律，乃是屬於對偶創作的本體論上的建構，因爲「體用如一」，故此一本體論的建構，目的在作爲創作論的理論根基。

〔註44〕同註13，頁281。

第四章　六朝文論中創作的自然觀

　　本章的論述，以劉勰創作論之理論體系爲討論綱領。關於本章資料的限制問題，筆者在第一章第二節「研究資料之限制」中已有所交代。基於本章研究資料的限制，筆者採取的作法是：（一）主要以劉勰創作論體系爲本章的論述綱領，闡明劉勰在創作見解上的自然觀點。（二）對於那些只有創作上的精闢見解，但並未涉及自然觀念的六朝文論家，如〔西晉〕陸機、〔梁〕沈約、蕭子顯等，筆者以劉勰創作理論之自然觀念爲線索，將他們相關的看法通通收攝到劉勰理論體系中，而予以自然觀點的說明與哲學的思考。（三）對於其對創作之看法，涉及自然觀念的反省而失於零星瑣碎的六朝文論家，筆者仍將之並列到劉勰理論體系中來予以安頓，因爲劉勰有彌綸各家見解的理論企圖，故本章仍以劉勰的理論綱領爲主。

　　基於上面的說明，接下來筆者將指出劉勰創作理論之體系，來確立本章章節之安排。劉勰在《文心雕龍·序志》篇說：

　　　　剖情析采，籠圈條貫，摛神性，圖風勢，苞會通，閱聲字。〔註1〕

首先，「剖情析采」配合劉勰的篇目來看，當指〈情采〉篇。「籠圈條貫」一句說明〈情采〉一篇的作用，在於貫通本體論與創作論，而具體地揭示了承自本體論而來的一些基本創作原理，因爲是基本，故範圍了也貫穿了整個創作理論。故我們在第三章第二節中討論文采存在的自然觀時，便以〈情采〉篇所論來對照說明由〈原道〉篇「心生而言立，言立而文明」創作規律所演繹出來的四點基本原則。而這四點基本原則，也正是我們討論創作自然觀的

〔註1〕請參見范文瀾，《文心雕龍注》（臺北：臺灣開明書店，1985年），臺十六版，卷十頁21下。以下引用《文心雕龍》，皆以此書爲準，不再註明出處。

理論依據。故「籠圈條貫」這句話說明了〈情采〉篇是從本體論到創作論的聯絡關鍵。

其次，劉勰也說明了創作論所涵蓋的大致範圍，他說：「擒神性」，當指〈神思〉篇與〈體性〉篇；「圖風勢」，當指〈風骨〉篇與〈定勢〉篇；「苞會通」，當指〈附會〉篇與〈通變〉篇；最後說：「閱聲字」，當指〈聲律〉篇與〈練字〉篇，這裏只是舉其大體，其他尚包括〈鎔裁〉、〈章句〉、〈麗辭〉、〈比興〉、〈夸飾〉、〈事類〉、〈隱秀〉、〈指瑕〉、〈養氣〉等諸篇，還有總論文術的〈總術〉一篇，這些篇章依照劉勰的提法與所論的內容，列入創作論是比較合理，因為接下去的「崇替于〈時序〉，褒貶于〈才略〉，怊悵于〈知音〉，耿介于〈程器〉」則與批評論較相關，而一般也把它放文學批評論中，而非創作論。

〈總術〉篇是總論文術的，文術的問題可以上通到〈神思〉篇所揭示的「養心秉術」一語，由此可見，〈神思〉篇其實也帶有總論的性質。〈神思〉篇為劉勰創作論的第一篇，〈神思〉篇的「贊」說：

> 神用象通，情變所孕，物以貌求，心以理應；刻鏤聲律，萌芽比興，
> 結慮司契，垂帷制勝。

「贊」中的這一段話，其實可與正文中的另一段話互觀，〈神思〉篇說：

> 意授于思，言授于意，密則無際，疏則千里。……是以養心秉術，
> 無務苦慮，含章司契，不必勞情也。

首先，劉勰把「神用象通，情變所孕，物以貌求，心以理應」看作是神與物的交融過程，故劉勰在〈神思〉篇開宗明義便討論了「神與物游」的種種心靈活動；在這個階段中，「求貌」與「應理」的心理活動已不只是單純地對外在景物的品賞活動，而是已經從事於一種創作前或提筆為文前的選擇與安排，這也就是劉勰所言之「意授于思」的過程。這裏的「意」相對於「思」來說，已非初階段的「思」了，而是經過取捨與安排後之心理活動及其內容。如果把「意授于思」的過程扣合到〈明詩〉篇「人稟七情，應物斯感，感物吟志，莫非自然」來看，則「人稟七情，應物斯感」是「思」，是屬於初階段的心理活動及其內容。而「感物吟志」則是「意」，是針對初階段的心理活動內容再加抉擇或取捨的心理活動及其內容。劉勰雖然區分出「思」與「意」的不同，但基本上，仍然把它合在一起視為是一創作活動的結構。這從劉勰說的「人稟七情，應物斯感，感物吟志，莫非自然」就可以看出來，因為劉勰說明文學的發生過程時，不是只說「人稟七情，應物斯感」，而是連著「感物吟志」一起說的。由此可見，劉

勰是把「人稟七情，應物斯感，感物吟志」視爲是一個小的創作結構來看。而這個創作結構從「思→意」，說明文學的創作活動是一種有意識的創造，因爲對初階段之心理活動內容的取捨與安排，就可以視爲是一種創造，而且是有意識的創造，它帶有個主觀的價值判斷在裏面；因爲這個創造結構比較側重在人與物的關係上來立論，故筆者把它稱之爲「創作的感物活動」。

其次，劉勰也把「刻鏤聲律，萌芽比興，結慮司契，垂帷制勝」看作是文學表現的活動，如何得知呢？所謂「表現」，就字面的意思來說，就是表而出之的意思。文學家要把內在的情感表而出之，就必須憑藉語言文字之助才能來表現，故這裏所說「刻鏤聲律，萌芽比興，結慮司契，垂帷制勝」其實已經進入運用語言文字來表現的創作過程，也就是劉勰所言之「言授于意」的創作過程。這裏的「言」相對於「意」來說，顯然已經進入以語言文字來表現的過程，而與前一階段只停在心理活動的過程是有所不同的；如果把它扣合到〈原道〉篇「心而言立，言立而文明，自然之道」來說，則前一階段「思→意」是屬於「心生」過程，而這一階段「意→言」則是屬於「言立」過程。

文學家要如何才能很好的掌握這兩個創作的過程呢？劉勰認爲，「養心秉術，無務苦慮，含章司契，不必勞情也」。對於文學的感物活動言，因爲仍停留在心理活動的過程，故主要側重在如何「養心」的問題上；而對於文學的表現活動言，因爲已經涉及語言文字等表現媒介的運用，故除了「養心」的問題以外，還非常強調如何「秉術」的問題，因此，心與術也仍是扣合著「心生而言立，言立而文明，自然之道」來提出的。文學家要如何創作才算自然呢？合此創作的客觀規律，就是自然，失此創作的客觀規律，就是不自然。這一點在第三章第二節中已經論證過了。由此可見，劉勰所提出之「養心秉術」主張，乃是文學創作達到「自然」的必要手段；而所謂「無務苦慮，含章司契，不必勞情」，乃是指文學創作順其創作之客觀規律而來的表現狀況，或說文學創作歸本於自然而來的表現狀況。對於文學創作之感物活動的自然觀念的探討，筆者顯題爲「感物活動的自然觀」，將在本章第一節中詳加討論。關於文學創作之表現活動，筆者將在本章第二節中詳加討論，並顯題爲「文學表現的自然觀」。

早在劉勰之前的〔西晉〕陸機，他著意體察文士爲文的用心，已大體區分出這兩個階段，在其所著的《文賦》中說：

　　每自屬文，尤見其情，恆患意不稱物，文不逮意。〔註2〕

〔註2〕請參見張少康，《文賦集釋》（臺北：漢京文化事業有限公司，1987 年），景印

首先，意稱不稱物，用現代的說法，人是主體，物相對來說即是客體，外在的客體是否完全融入主體的感情世界之中，這是說明外在客觀的內在化過程；如果外在的客體完全內在化，而與主體的感情交融爲一，此爲主客合一的精神境界，在劉勰則稱之爲「神與物游」；如果不能主客合一，則如陸機所說「意不稱物」；陸機所說「意不稱物」的問題，就是強調出感物活動對文學創作中的重要性。其次，文逮不逮意的問題在於：文學家是否能完全把自己的情感融入文字之中，或是文學家如何運用文學的語言，將內在的情感世界表而出之，這是屬於文學的表現問題。陸機在此強調出文學技巧或文學表現的重要性，我們將劉勰的主張與陸機的對照來看，如果說劉勰所作的區分是從陸機《文賦》中提煉而來，而加以充實完善而成，恐怕也絕非妄言。

　　劉勰創作論中的〈體性〉、〈風骨〉、〈通變〉與〈定勢〉諸篇，其實有一共通點，是與〈情采〉以下諸篇不同的。〈情采〉以下諸篇，如〈聲律〉、〈麗辭〉、〈比興〉諸篇，就比較側重在某些創作的局部技巧上立論；但也有著眼於整體結構之安排來立論的，如〈附會〉、〈鎔裁〉與〈章句〉等篇。而〈體性〉諸篇則較側重於文章創作之一般問題來立論。〈體性〉篇與〈定勢〉篇探討的課題主要在作者文章風格的塑造問題，而〈風骨〉篇的「贊」說：「情與氣偕，辭共體并」，情與氣相對，則情較側重在人類的共通情感上來立論。如何得知？〈風骨〉篇說：「怊悵述情，必始乎風」，「風」若不是基於人類共通的感情，何能成爲「化感之本源」？由此可以推知，〈風骨〉篇是比較側重在創作的共通情感上來立論。而「辭」的表達在文章創作上亦有共通性，故文章之「骨」實亦就創作的共通模式或結構來立論。〈通變〉篇則提出文章創作的整體走向的另一個決定性的因素，即文章時代性的問題，〈通變〉篇的「贊」說：「趨時必果，乘機無怯」，因此，文章創作一定要考慮到文章時代性的問題。總的來說，〈體性〉諸篇所論並不離「情」「術」二端，與〈神思〉篇總論創作之基本修養理則「養『心』秉『術』」之言互證。

　　劉勰在〈體性〉篇說：「才力居中，肇自血氣，氣以實志，志以定言，吐納英華，莫非情性。觸類以推，表裏必符，豈非自然之恆資，才氣之大略哉？」在學界，一般認爲劉勰在這裏所探討的是作品風格的問題，〔註3〕因

　　　　一刷，頁 1。
〔註 3〕 請參考詹鍈，《文心雕龍的風格學》（臺北：木鐸出版社，1988 年），初版，頁 11。

為作品風格是就文章的整體走向來說，而且又是就個人特殊的「才性」來立論，這樣一來，就很難不令人把它與現代的「風格」概念相關聯來看。因此，本章討論的主題之一，便是探討「劉勰如何以「自然」觀念來討論文章創作風格的塑造？」的問題。〈定勢〉篇說：「情致異區，文變殊術，莫不因情立體，即體成勢」，而這一文章定勢的規律，就如「機發矢直，澗曲湍回」一般，是「自然之趣」。這一定勢的規律，其實是就「情」「術」二端，來探討由「情」「術」所連帶而來的表現結果。這樣一來，劉勰關於「情」「術」所提出的基本態度，必然會影響文章創作風格的塑造。因此。〈定勢〉與〈體性〉二篇可以相關起來看，共同的問題是：「如何塑造成功的創作風格？」，對於這個問題的探討，筆者顯題為「文學風格的自然觀」，將在本章第三節中詳加討論。

　　對於劉勰在〈通變〉篇所提出之文學時代性的問題，乃是文學創作的共通課題。〈通變〉篇的「贊」中說：「文律運周，日新其業」，可見劉勰將它視為是文學發展的必然規律，而必然規律義為劉勰「自然」觀念之基本含義的引申，因此，「自然」觀念在此是隱而不顯的。〔西晉〕葛洪也有類似的主張，在其所著的《抱朴子・鈞世》篇中說：「古者事事醇素，今則莫不彫飾，時移世改，理自然也」，〔註4〕由此可知，文學隨時代在變，一時代有一時代的文學，此為文學發展之必然，故葛洪說：「理自然也」，因此，文學的創作也應該講求通變。劉勰認為，文章創作應該要能通變，因為那正是符合文學發展的客觀規律，故〈通變〉篇說：「變則可久，通則不乏」。至於應該怎麼變才自然的問題，則留待本章第四節再來詳究，筆者將之顯題為「文學通變的自然觀」。

　　在這前言的部分，我們主要討論了創作論中幾個重要的環節，及其與自然觀念的關聯。由上面的論述，關於創作論中的自然觀念問題，本章將分四個主題來討論：第一節，是討論文學心靈與外在世界的交融過程，筆者顯題為「感物活動的自然觀」；第二節，是討論文學表現的活動過程，筆者顯題為「文學表現的自然觀」；第三節，是討論關於作者文章風格的塑造問題，筆者顯題為「文章風格的自然觀」；第四節，是討論文學發展與通變的問題，筆者顯題為「文章通變的自然觀」。

〔註4〕　請參見郭紹虞，《中國歷代文論選》（臺北：木鐸出版社，1987年），初版，上冊，頁164。

第一節　感物活動的自然觀

　　關於感物活動的討論，在六朝文論家中，有〔西晉〕陸機，〔梁〕蕭子顯、劉勰與鍾嶸。但將之關聯到「自然」觀念來思考的人，只有〔梁〕劉勰。劉勰在〈明詩〉篇說：「人稟七情，應物斯感，感物吟志，莫非自然」。劉勰把「人稟七情，應物斯感，感物吟志，莫非自然」視爲是文學發生的必然規律，此於第三章第二節已經論證過了。在這裏則可看作是劉勰感物活動的必然規律。依此，文學創作合此感物活動之必然規律，就是自然。失此感物活動之必然規律，就是不自然。因此，筆者在本節的討論，是以劉勰感物活動的理論綱領爲中心，再分別聯繫到六朝其他文論家的相關理論進行分析。劉勰認爲，感物活動可以區分爲兩個心理階段，即由「思→意」，「思」是屬於初階段的心理活動及其內容，即劉勰之「人稟七情，應物斯感」階段。「意」是針對初階段的心理活動內容再加抉擇或取捨的心理活動及其內容，即劉勰之「感物吟志」階段。而這兩個心理階段，劉勰把它合在一起視爲是一創作的結構，而歸本於「自然」，這在本章前面的導言已經論證過了。

　　感物活動是創作開始階段的心理活動，把它扣合到劉勰「心生而言立，言立而文明」的根本規律來看，它應該是屬於「心生」的階段。在這個階段中，主要是探究心物之間的關係問題，劉勰在〈明詩〉篇中明言心與物的關聯，並把它與「自然」一詞相關起來，他說：

　　　　人稟七情，應物斯感，感物吟志，莫非自然。

（一）「思」的階段，即「人稟七情，應物斯感」的過程。首先，心與物爲一感應之關係。「人稟七情」的「稟」有天賦的意思；「七情」據《禮記·禮運》篇的說法，爲喜怒哀懼愛惡欲七者。〔註5〕七情稟於天，內在於人而不發，何以能「應物斯感」呢？劉勰認爲，因爲人是稟氣而生的，而物也是稟氣而生，故能同氣相求而同氣相感，乃源於漢代以來的陰陽家思想，這在第三章第一節之第三點已經論證過了，由此可見，氣化感應論爲其所預設的思想基礎；〔梁〕鍾嶸也同樣預設了這樣的思想基礎，其《詩品·序》說：「氣之動物，物之感人，故搖蕩性情，形諸舞詠」，〔註6〕劉勰與鍾嶸的理論主張都說明了，

〔註5〕《禮記·禮運》篇說：「何爲人情？喜、怒、哀、懼、愛、惡、慾，七者弗學而能。」請參見《禮記注疏》（臺北：藝文印書館，十三經注疏南昌府學開本），卷二二，頁4。

〔註6〕請參見王叔岷，《鍾嶸詩品箋証稿》（臺北：中研院中國史哲研究所，1992年），

在這樣的思想基礎上，心能夠對物產生一種自然的感發作用。

其次，爲一由虛到實的過程。「人稟七情」，是指七情內在於人，故情爲人所本有，但只是爲一潛在的可能，故是虛；「應物斯感」，即由一潛在可能，發展爲內心所實有，此爲實。由虛到實，因爲不能無中生有，故必有賴於物的觸發始得完成。陸機也提出類似的說法，他在《文賦》中說：「課虛無以責有，叩寂寞而求音」，〔註7〕由此，感物活動爲一由虛到實的過程。六朝文論家對這一階段心與物的自然感發有比較多的討論，〔西晉〕陸機《文賦》說：

> 遵四時以嘆逝，瞻萬物而思紛，悲落葉於勁秋，喜柔條於芳春。心懍懍以懷霜，志眇眇而臨雲。〔註8〕

劉勰〈物色〉篇也說：

> 物色相召，人誰獲安。是以獻歲發春，悅豫之情暢；滔滔孟夏，鬱陶之心凝。天高氣清，陰沈之志遠；霰雪無垠，矜肅之慮深。歲有其物，物有其容，情以物遷。

又〔梁〕鍾嶸《詩品‧序》說：

> 春風春鳥，秋月秋蟬，夏雲暑雨，冬月祁寒，斯四候之感諸詩者也。嘉會寄詩以親，離群託詩以怨；至于楚臣去境，漢妾辭宮；或骨橫朔野，魂客衣單，孀閨淚盡；或士有解佩出朝，一去忘反；女有揚蛾入寵，再盼傾國，凡斯種種，感蕩心靈。〔註9〕

上面的例子，都比較具體地描述了心物之間的感應現象。就常識觀點來看，能觸發情思的物，當然不只是自然景物，其他現實的社會物事，也可能是觸機，如鍾嶸上面所提到的「嘉會」、「離群」等諸事。但在六朝似乎比較側重在四時景物的觸發上來立論，此殆與當時文壇的流行風氣有關，劉勰在〈明詩〉篇說：「莊老告退，而山水方滋」，由此我們可以推知，以山水景物作爲文學的題材或描寫的對象，在當時應該很流行，最後還導致山水詩的興起。劉勰還特設〈物色〉一篇，專門探討「怎樣描寫自然景物？」的問題，由此可見一斑。

（二）「意」的階段，即「感物吟志」的過程。所謂「感物吟志」，在本章前面的導言已經論證過了，乃爲一有意識的創作活動，即將初階段「應物

初版，頁47。
〔註7〕同註2，頁64。
〔註8〕同註2，頁14。
〔註9〕同註6，頁76～77。

「斯感」之心理活動內容，自覺地取捨與安排而成創作主體之「志」。

首先，它是一心物合一的過程。物既外在於人，本於身不相與，又如何與內在的情結合為一體呢？套用劉勰自己的話說：「物雖胡越，合則肝膽」（〈比興〉篇），這就須要一個心與物合一的過程，使物完全內在化，而與主體的情志結合成一個整體。由此，感物活動必然展現為一心物合一的過程。這一階段的感物活動，文學家已有意識地要進行文學創作的活動，故我們稱之為創作的感物活動。前一階段的感物活動，它有可能但未必能發展成創作的感物活動。如果它能進一步引生創作的感物活動，我們就把它視為是創作之感物活動的前奏，如果沒有這後續的引生作用，則把它視為是創作之感物活動的平時準備。創作的感物活動是文學家有意識的活動，而與一般的感物活動不同。一般的感物活動，在氣化感應的思想基礎下，它的發生是不得不然的。發生以後，它可以被文學家所意識。如果文學家有意識地進一步蘊釀它，使它成為文學表現的可能內容，這才算進入創作的感物活動。故這一階段的感物活動乃是文學家有意識的創造過程。雖然還有不自主的因素，如靈感的問題，完全是人所無法預期的，但是否去湊泊靈感，而做進一步的表現，則是人為意志的操控，故劉勰在〈神思〉篇中，對這個階段的感物活動作了現象的描述，他說：

> 古人云：「形在江海之上，心存魏闕之下」，神思之謂也。文之思也，其神遠矣。故寂然凝慮，思接千載；悄焉動容，視通萬里；吟詠之間，吐納珠玉之聲，眉睫之前，卷舒風雲之色，其思理之致乎？故思理為妙，神與物遊。

第一，他認為創作的感物活動有高度想像力的發揮，故他說：「形在江海之上，心存魏闕之下」、「思接千載」「視通萬里」，劉勰認為，文學創作的思維活動，可以不受形軀與時空的拘限，〔晉〕陸機《文賦》也有類似的說法：「精騖八極，心遊萬仞」，〔註10〕這些正是想像力的高度表現，而高度想像力的發揮也正是文學的思維活動一個很重要的特徵。

第二，劉勰認為，在這裏必須要預設一「虛靜」的心靈基礎，使創作的感物活動發為一有意識的傾注。如他在〈神思〉篇所描述想像的思維活動在開展之前，有一「寂然凝慮」的精神狀態，陸機在《文賦》中描述類似的精神狀態說：「收視反聽」，用現代的話來說，就是聚精會神、專注於某一事物

〔註10〕 同註2，頁25。

的意思。而這樣的精神狀態，乃是文學家有意識的傾注，故與一般的感物活動不同，也與一般的思維模式不同；劉勰用「神思」一詞來稱呼它，〔梁〕蕭子顯也有相同的用法，他在《南齊書・文學傳論》說：「屬文之道，事出神思，感召無象，變化不窮。」〔註11〕顯然是有意將它與一般的思維活動區分開來，而突出這種思維模式的特殊性。這是他們認識到了文學的思維模式有它自身的活動規律，不能等同於一般的思維活動。而這一個特點，可以幫助辨識文學創作的特質。

第三，創作的感物活動之極致表現是「神與物游」。劉勰描述這種極致的表現說：「吟詠之間，吐納珠玉之聲；眉睫之前，卷舒風雲之色，其思理之致乎？故思理為妙，神與物游。」所謂「神與物遊」，意指在這種特殊思維活動的作用下，主體的情志不斷與所引生的物象交融互動的思維狀態，而這種思維狀態是從容悠閒而又生機活潑的，故曰：「游」。陸機《文賦》也說：「其致也，情瞳矓而彌鮮，物昭晰而互進」，〔註12〕說明在這不斷與內在引生物象的交融過程中，主體的情志也不斷湧現出新的意象。劉勰所說的「珠玉之聲」、「風雲之色」即指審美主體的經驗內容，包括聲音與形象等，也即如蕭子顯《南齊書・文學傳論》說的：「俱五聲之音響」之五聲音響，「等萬物之情狀」之萬物情狀。〔註13〕

其次，最後會形成一表現的衝動。因為創作主體為物所激動，在內心有所蘊蓄時，自然伴隨有表而出之衝動。這種表現的衝動，往上說是由於強烈情感的震撼，令人有不容自己的創作慾望，往下說是如果沒有表現衝動，就不會有文學作品的產生。六朝文論家對於這種不得不然的創作衝動，也有比較多的討論，劉勰〈神思〉篇說：

> 夫神思方運，萬塗競萌，規矩虛位，刻鏤無形。登山則情滿於山，
> 觀海則意溢於海。

在這裏「情滿」與「意溢」說明了感物活動的極致表現總是伴隨著強烈的情感活動。〔梁朝〕蕭子顯有一篇〈自序〉，在《梁書・蕭子顯傳》中曾被引用，在〈自序〉中，他曾自述其寫作經驗說：

> 若乃登高目極，臨水送歸，風動春朝，月明秋夜，早雁初鶯，開花

〔註11〕請參見蕭子顯，《南齊書》（臺北：鼎文書局，1975年），卷五二，頁907。
〔註12〕同註2，頁25。
〔註13〕同註11，頁907。

落葉，有來斯應，每不能已也。〔註14〕

據引文，「有來斯應，每不能已也。」說明被激蕩而起的強烈情感，有一股令人不能自已的力量。鍾嶸《詩品‧序》也說：

凡斯種種，感蕩心靈，非陳詩何以展其義？非長歌何以騁其情？
〔註15〕

這一股不容自已的力量，驅使文學家有不得不表現的衝動。而這種創作的衝動慾望，是來自於內心不容自已的要求，而非源於外在名利的索求，故劉勰在〈情采〉篇說「吟詠情性，以諷其上，此為情而造文也；諸子之徒，心非鬱陶，苟馳夸飾，鬻聲釣世，此為文而造情也」，可見劉勰「為情而造文」的主張，乃是根據其文學本性之主張而來，由此來挺立文學的價值。

總言之，「人稟七情，應物斯感」這一階段，在氣化感應的思想基礎上，心與物之間的感應是必然的；因為是油然而生，乃為不得不然，故具有客觀的意義。到「感物吟志」這一階段，如果文學家想要對初階段的感物活動的內容有所蘊蓄或安排的話，必然要預設一「虛靜」的心靈基礎，使第二階段的感物活動成為一有意識的傾注。而此一有意識的傾注，因為是源於內心的趨策，而非外在名利的蠱惑，故亦為文學之本性使然；內心有所蘊蓄，而形成創作表現的衝動，這是不得不然的，因此，感物活動依此一不得不然的必然規律而來，在知識建構上，就具有進步的意義。劉勰以此必然規律來規定「自然」，所謂「自然」，就是指感物活動的本性或本真，或是說文學發生的本性或本真，這在第三章第二節中已經有所論證。在心與物的關係中，所以強調物的內在化與文學主體的交融統一，所以強調是源於「心生」的趨策所形成的創作衝動，乃是因為六朝的文論家認為，外在的客觀事物應完全與文學主體交融為一體，始能成為文學主體的生命內容，而從主體生命中流出的情感，才是真實的情感，文學的價值即在表現這真實的情感，故六朝文論家，一再強調文學的表現乃主體情性之所出，其意義正在此，〔註16〕他們所以特別著意於這一連串活動過程的探討，即是為了確保這個文學創作本源的真實性。

〔註14〕 請參見〔清〕嚴可均校輯，《全上古三代秦漢三國六朝文》（北京：中華書局，1958年），一版，全梁文卷二三，頁8。
〔註15〕 同註6，頁77。
〔註16〕 認為「文當主情」之說，幾為六朝文論家之共識，請參考王瑤，《中古文學史論》（臺北：長安出版社，1986年），三版，頁106。

　　人爲因素是劉勰所肯定的，否則他不會以「心生」作爲文學創作規律的起點與基礎，故人爲因素的存在，顯然是合於自然，合於文學之本性的。而所以會有不自然，乃是由於人爲因素的造作，如〈情采〉篇所說：「心非鬱陶，苟馳夸飾，鬻聲釣世，此爲文而造情也」，在這裏的「心非鬱陶」顯然是因爲人爲的造作，導致創作上的種種不自然。怎樣才能擺脫人爲造作因素的干擾，而表現文學創作上的自然呢？劉勰從這裏來論文學創作的應然規範。而這個應然規範，對文學創作來說，顯然是具有指導性、規範性與理想性的。因此，劉勰強調感物的思維活動之所以不同於一般情感的思維，一方面是由於本質上的差別；另一方面是想由此而開出一應然的規範。劉勰的作法是：由客觀規律來談感物活動的本性，並由此而引申出文學的應然規範。

　　感物活動的客觀規律，既爲一創作的應然規律，則文學家要如何才能達到感物之思維活動的理想境界？劉勰〈神思〉篇中說：「養心秉術」，因爲感物活動仍停留在心理活動的階段，故比較側重在「養心」的工夫來立論，〈神思〉篇說：

　　　　是以陶鈞文思，貴在虛靜，疏瀹五藏，澡雪精神。積學以儲寶，酌

　　　　理以富才，研閱以窮照，馴致以懌辭。

首先，劉勰在這裏提出「虛靜」說。「疏瀹」與「澡雪」有疏導洗滌的意思；「五藏」據《白虎通論》的說法，是指「肝心肺腎脾也」等生理器官；〔註17〕《莊子·知北遊》有「疏瀹而心，澡雪而精神」〔註18〕的話，將兩人的話對比來看，顯然莊子的工夫論比較側重在精神層面，劉勰則認爲生理方面的工夫也不可忽視，這殆與魏晉以來服食養生的流行風氣有關。文學思維的活動雖屬精神層面，本身也須預設生理方面的基礎，沒有形軀生命，何來文學呢？亦即精神上的透支，會影響生理，而生理上的失調一樣會反過來影響精神，故生理與精神之間是一種互動、循環影響的關係。我們如果分析其中的緣由，自然是心理與生理皆相關，但是就文學創作活動言，精神因素仍然是比較直接的因素，故一般都把「虛靜說」視爲是一精神基礎，因爲生理上的因素最終仍會在精神上顯現出來。

〔註17〕　請參見漢班固，《白虎通德論·情性》篇說：「人有五藏，五藏者何也？謂肝心肺腎脾也。」（臺灣商務印書館，四部叢刊上海涵芬樓借印江安傅氏藏元大德覆宋監本），卷第八，頁1。

〔註18〕　請參見郭慶藩編，《莊子集釋》（臺北：木鐸出版社，1988年），再版，頁741。

　　由「陶鈞文思，貴在虛靜」一句，可以推知，劉勰認為，「虛靜」為創作心靈的本真。將「虛靜」視為「自然」，顯然接受了老莊思想的基本觀念。《莊子·天道》篇說：「水靜猶明，而況精神」，〔註19〕劉勰〈養氣〉篇也說：「水停以鑒，火靜而朗，無擾文慮，鬱此精爽」。所謂「無擾文慮」，即不干擾文學思慮的進行。不干擾思慮，則心靜，心靜則明。劉勰認為，如何才能心靜呢？工夫在虛。即虛掉一些意念的造作，如為文造情、雜念之壅蔽、為文傷命等。〈養氣〉篇說：「若銷鑠精膽，蹙迫和氣，秉牘以驅齡，灑翰以伐性，豈聖賢之素心，會文之直理哉。」創作主體要達到「神與物游」的精神境界，必須預設「虛靜」的心理基礎，否則心靈受意念造作之干擾，怎能「游」得起來。心靈要能優游得起來，才能與物合而為一。劉勰就用「閑」一詞，來描述此一優游的心靈狀態，〈物色〉篇說：「入興貴『閑』」。創作主體如何能具備此一優游的心靈狀態呢？即必須以虛靜心靈為基礎。劉勰認為「虛靜」為文學創作心靈的本性，則此一優游的心靈狀態，實亦歸本於「自然」的，因為它是符合文學創作心靈本性而來的心靈狀態，而「自然」觀念在此顯然是隱而不顯的。

　　劉勰認為，實際的創作活動中應該要預設「虛靜」的心靈基礎，如此才能保持優游的創作心靈，因為劉勰認為，這才算得創作心靈之本真。〈養氣〉篇也提到平時要「常弄『閑』于才鋒」，而這個「閑」與「入興貴閑」的「閑」，並不相同，它是針對「如何才能長久保持創作精力的旺盛？」的問題來立論。〈養氣〉篇說：

> 是以吐納文藝，務在節宣，清和其心，調暢其氣，煩而即捨，勿使壅滯，意得則舒懷以命筆，理伏則投筆以卷懷，逍遙以針勞，談笑以藥倦，常弄閑于才鋒，賈餘于文勇，使刃發如新，腠理無滯，雖非胎息之邁術，斯亦衛氣之一方也。

劉勰認為，如果當時的創作精力很旺盛，就命筆為文。如果當時的創作精神不佳，就先暫時拋開。可見劉勰認為，保養創作精力的通則仍在一個「閑」字。故劉勰繼續說：「逍遙以針勞，談笑以藥倦，常弄閑于才鋒，賈餘于文勇，使刃發如新，腠理無滯」，這是積極地來說，可以用逍遙談笑的方式來恢復創作精力，以經常練習的方式來維持旺盛的創造精力。這裏所提「使刃發如新，腠理無滯」乃是平時養氣而來的特定效果。為什麼以「閑」養氣能得這樣的

特定效果呢？因為它合於創作主體心神運作之本性，〈養性〉篇說：

> 率志委和，則理融而情暢；鑽礪過分，則神疲而氣衰，此性情之數也。

所謂「性情之數」，即說明心神運作的根本理則，這裏顯然預設或隱含了「自然」觀念。這裏所隱含或預設的「自然」觀念，是指創作主體心神運作之本性。這樣一來，依此本性，就是不自然。而「使刃發如新，膝理無滯」「理融而情暢」，則指創作活動合此心神之運的本性而來的存在狀況。

其次，劉勰認為平時的準備工夫也不可忽視，故提出「積學以儲寶，酌理以富才，研閱以窮照，馴致以懌辭」之說。感物活動之高度想像力的發揮，離不開文學的背景知識或經驗的涵養，故劉勰在〈神思〉篇中說：「我才之多少，將與風雲而並驅矣」，說明想像力之運作，不能憑空而得，也須視文學家的才分而定。這裏所謂「才」，自當包括先天的稟賦與後天的學養，但是為了客觀性，劉勰在這裏所提示的工夫論，則比較側重在後天的學養上，故說：「積學」、「研閱」等。陸機《文賦》也說：「傾群言之瀝液，漱六藝之芳潤；浮天淵以安流，濯下泉而潛浸；於是沈辭怫悅，若遊魚銜鉤而出重淵之深；浮藻聯翩，若翰鳥纓繳而墜曾雲之峻。收百世之闕文，採千載之遺韻。謝朝華於已披，啟夕秀於未振；觀古今於須臾，撫四海於一瞬」，[註20] 由「六藝」、「百世之闕文」與「千載之遺韻」之言可知，早在劉勰之前的陸機在談到感物活動時，也已經注意到後天的學養也是不可忽視的要素。

劉勰在〈神思〉篇的「贊」說：「神用象通，情變所孕。物以貌求，心以理應」，這裏的「神用象通」主要是指感物的思維活動，而神的通不通，除了志氣的因素，還有一個主觀的因素，劉勰在〈神思〉篇中並沒有特別的強調，但它實在是一個不可抹煞的因素，所以劉勰在〈養氣〉篇把它提了出來，他說：「思有利鈍，時有通塞」，說明人的文學思維活動有利鈍、通塞的情況，這似乎是很平常的事實。但是我們如果把它放到文學創作活動上，追問為什麼會如此的原因？則不得不與靈感論扯上關係。陸機也提到靈感的問題，只是別用「天機」一詞來稱呼它，「靈感」一詞是現代人的用語，他在《文賦》中說：

> 應感之會，通塞之紀，來不可遏，去不可止。藏若景滅，行猶響起。
> 方天機之駿利，夫何紛而不理。……雖茲物之在我，非余力之所戮。
> 故時撫空懷而自惋，吾未識夫開塞之所由。[註21]

〔註20〕同註2，頁25。
〔註21〕同註2，頁168。

據引文，所謂「雖茲物之在我，非余力之所戮」，程會昌之注說：「茲物，謂文。文思開塞，時繫天機。故或非力之所能及。」〔註 22〕說明對於靈感的去留，不是人所能預期的，因此，靈感的存在乃深具偶然性。

第二節　文學表現的自然觀

六朝關於文學表現的問題，所論極多，而把它與自然觀念相關起來的，主要有下面幾個專題：關於聲律，〔梁〕沈約說：「高言妙句，音韻天成，皆闇與理合，匪由思至」，以天言之，而明高言妙句之中隱然有自然之理可尋，沈約由此創為其四聲八病之說，衍為當時的流行風氣，〔梁〕鍾嶸則批評它太過精細，認為「文多拘忌，傷其真美」，劉勰在〈聲律〉篇提出其折衷的看法；關於用典，鍾嶸認為「自然英旨，罕值其人」，劉勰〈事類〉篇則認為：「用舊合機，不啻自其口出」，〔北齊〕顏之推也引邢子才的話說：「沈侯文章用事，不使人覺，若胸臆語也，深以此服之」；關於秀句，劉勰則認為文章秀句之寫作乃「自然會妙」。關於比興，一向為傳統詩論的重要課題，劉勰認為「詩人比興，觸物圓覽，物雖胡越，合則肝膽」；關於對偶，蕭子顯認為當時人寫文章「非對不發」，劉勰則認為「奇偶適變，不勞經營」，上面這些討論專題，都比較側重在局部修辭方面。還有比較強調在文章結構上的，如劉勰〈鎔裁〉篇中認為「情理設位，文采行乎其中。剛柔以立本，變通以趨時。立本有體，意或偏長；趨時無方，辭或繁雜」，專門探討辭意之間的關係；在〈章句〉篇說：「設情有宅，置言有位；宅情曰章，位言曰句」，專門探索章與句的關係問題；〈附會〉篇中說：「才童學文，宜正體制，必以情志為神明，事義為骨髓，辭采為肌膚，宮商為聲氣，然後品藻玄黃，摛振金玉，獻可替否，以裁厥中，斯綴思之恆數也」，專門討論統合文章的根本原則。劉勰這些關於文章整體結構的理論原則，基本上，都是扣緊其文學本性之主張而來，故皆歸本於自然。

故本節主要透過局部修辭與文章結構二方面，來討論六朝文學表現的自然觀念，分別顯題為「局部修辭的自然觀」與「整體結構的自然觀」。因為文章整體的結構，需以局部修辭為基礎，故筆者在本節先討論局部修辭部分，然後再探討整體結構的問題。從上面關於自然觀念的資料例證中，可以看出六朝文論界關於文學表現方面的探討，所觸及的層面實在不少，其中仍以劉

〔註22〕同註2，頁 176。

勰的討論最具體系性，故我們可以藉劉勰的理論體系，來貫串六朝這方面的討論成果。

在第四章導言的部分，筆者曾經論證過，劉勰認為「養心秉術」是達到創作「自然」的必要手段。而前一節「感物活動的自然觀」，因為仍停留在心理活動的階段，故主要側重在「養心」上來立論，而所論之「虛靜」、「養氣」等問題，其實是整個文學創作活動所應該預設的精神基礎，不是只有文學的感物活動才必須預設那樣的心靈基礎。把它扣緊到〈原道〉篇「心生而言立，言立而文明」的總規律來看，也是如此，因為「心生」是整個創作過程的起點與基礎。然而，由「心生」到「言立」，劉勰則更強調關於「言立」的一些創作技巧，也就是劉勰所提出「文術」的問題，這是文學表現上的問題，也是本節所探索的主題。

劉勰〈總術〉篇中說：「文場筆苑，有術有門。務先大體，鑒必窮源，乘一總萬，舉要治繁。思無定契，理有恆存」，所謂「理有恆存」的「理」，就是劉勰所要掌握之「乘一總萬，舉要治繁」的「理」，故劉勰在處理創作問題時，往往會先提出一理論綱領，來作為具體文術應用的準則，即所謂「舉要治繁」要理，即所謂「乘一總萬」的一理。這裏所說的「一理」與「要理」，筆者統稱之為「理論準則」。劉勰面對各種創作問題所提出的比較具體的「理論準則」，都是基於其所主張的文學本性而來，換句話說，這些具體的理論準則，都還是籠罩在劉勰所主張之「心生而言立，言立而文明」人文存在規律之下，也都是基於文學的本性而提出的，故亦是歸本於「自然」的。因此，筆者首先，必須先理出各種創作問題的理論準則；其次，必須說明這些作為創作技巧之理論準則，與「心生而言立，言立而文明」總律規之間的內在關聯；再其次，指出特定理論準則之特定理論預期效果。而此一由理論所預期的特定創作效果，可視為是遵循創作本性而來的特定表現或表達效果。筆者所要特別指出「由理論所預期的特定創作效果」，用意在為第五章的批評論立下聯絡的關鍵。因為文學創作是否合乎「自然」，是否表現所預期的特定表現或表達效果，就成為評價作品優劣成敗的標準了。六朝文論家的批評理論，大都從其創作理論中引生而出，故在本章有必要作這樣的處理。另外，說明六朝文論家的創作看法，並指出與「自然」觀念之間的可能內在關聯，說明六朝文論家所使用「自然」一詞的確切含義，及在文學探索上的意義。還有，有必要的時候，筆者會把創作論的自然觀念，與思想界的看法聯繫起來，一

方面可以來加強說明筆者的觀點與看法，一方面也可以看出文藝思想中的自然觀念與哲學思想之間的密切關聯。

第一目　局部修辭的自然觀

一、比興之自然觀

首先討論「比興」，因為比興牽涉到一個文學表現非常根本的問題，這個問題的提出，可以用來彌縫文學的感物活動如何過渡到文學的表現技巧的過程。「比興」觀念貫穿了中國的詩論傳統，為中國傳統詩學的重要課題之一。六朝文論家，如摯虞〈文章流別論〉、鍾嶸《詩品·序》與劉勰《文心雕龍·比興》篇，都對「比興」問題有所討論，其中能與「自然」觀念相關的，只有劉勰。〈比興〉篇是劉勰討論「比興」的專篇，故這個部分以劉勰〈比興〉篇為討論重心。

馮春田先生在〈劉勰的自然觀點及其文學理論〉一文中，討論劉勰「自然」觀點與「比興」的關係，他說：

> 劉勰認為，「比」、「興」兩種修辭方法是產生於創作時表達情志的「自然」，所以，對運用「比」、「興」，劉勰強調應該本於其「起情故興體以立，附理故比例以生」的自然，要「畜憤以斥言，環譬以記諷」，象「詩人比興」那樣「觸物圓覽」，「物雖胡越，合則肝膽」。而對「辭人夸毗，詩刺道喪」或「刻鵠類鶩」的違背比興的自然的雕飾加以批評。其立論根據，同樣是自然觀點。〔註23〕

馮氏只是簡單點出比興與自然的關係，至於他們之間的關係為何？為何相關？都沒有進一步的說明。成復旺先生在《神與物遊》曾說：

> 〈比興〉篇即云：「觀夫興之託諭，婉而成章，稱名也小，取類也大。」這是說興更可以委婉含蓄，以小喻大。又云：「比者，附也；興者，起也。附理者切類以指事，起情者依微以擬議。起情故興體以立，附理故比例以生。比則畜憤以斥言，興則環譬以寄諷。」這是說由於比顯而興隱，故比多用於說理，興多用於抒情。〔註24〕

〔註23〕請參考馮春田，〈劉勰的自然觀點及其文學理論〉，《東岳論叢》二期（濟南：山東人民出版社，1986 年），頁 92。

〔註24〕請參考成復旺，《神與物遊——論中國傳統審美方式》（臺北：商鼎文化出版社，1992 年）初版，頁 165～166。

成氏所論，旨在強調比興的分別。劉勰認爲「比顯而興隱」，而顯與隱乃是側重在表現手法與其連帶而來的表現效果上說的。在創作手法上，用比或用興，劉勰認爲主要伏源於「詩人之志」的不同，故〈比興〉篇接著說：「蓋隨時之義不一，故詩人之志有二也」，這樣一來，「比」所以畜憤以斥言，「興」所以環譬以寄託，乃源於詩人用心之不同。

首先，詩人之志不同，立意在畜憤以斥言的，就選取切合於事義的物類來隱喻其事，即所謂「切類以指事」，也就是比的表現手法。立意在環譬以寄諷的，就可以透過幽微的事類來寄託其諷諫之意，即所謂「依微以擬議」，這就是興的表現手法。其次，詩人之志又是整理初階段感物活動之心理活動內容而來，〈明詩〉篇說：「人稟七情，應物斯感，感物吟志，莫非自然」的「感物吟『志』」，就與初階段的「人稟七情，應物斯感」有所區別，而作爲文學所表現的內容的，乃是第二階段的「感物吟志」的「志」。

劉勰〈比興〉篇的「贊」說：

> 詩人比興，觸物圓覽。物雖胡越，合則肝膽。擬容取心，斷辭必敢。
>
> 攢雜咏歌，如川之澹。

劉勰說：「物雖胡越，合則肝膽」，何以能如此呢？劉勰認爲要「觸物圓覽」，意即感物活動必須圓滿深刻。劉勰即用感物活動的圓滿深刻，來確保創作本源的眞實性與價值性。換句話說，劉勰認爲，文學創作中「比興」手法的運用，其關鍵就在：感物活動之是否能「觸物圓覽」。可見，劉勰顯然認爲，「觸物圓覽」是比興手法運用的理論準則。

六朝其他的文論家，也有類似的主張，如〔梁朝〕裴子野〈雕蟲論〉說：

> 深心主卉木，遠致極風雲，其興浮，其志弱，巧而不要，隱而不深，
>
> 討其宗途，亦有宋之風也。〔註25〕

所謂「浮」，就是不深刻，與劉勰「觸物圓覽」的「圓覽」形成對比，如果沒有深刻圓滿的感物活動，則其比興技巧的運用，就會「巧而不要，隱而不深」，而這正是六朝宋以來，文學創作的流行風氣。又如鍾嶸《詩品·序》也說：

> 若專用比興，患在意深。〔註26〕

鍾嶸也認爲，意深爲運用比興手法的表現特點。可見，從感物的心靈本源來論比興手法的運用，乃六朝文論家之共識。而劉勰把感物活動視爲是比興創

〔註25〕同註 14，卷五三，頁 15。

〔註26〕同註 6，頁 72。

作手法的基礎，說明比興手法的運用乃是以感物活動的審美經驗為基礎，而這種審美經驗是依於文學之本性而產生，可見劉勰認為，比興手法之運用乃是依於文學本性而來的，故亦歸本於自然。

　　至於劉勰〈比興〉篇「贊」中所說的「擬容取心，斷辭必敢，攢雜咏歌，如川之澹」的話，乃是指比興技巧的運用能夠本此「觸物圓覽」的理論準則而來的表現特色。比興技法的運用，所以能有如此的表現特色，乃是因為感物活動的深刻圓滿，使得本如胡越般於身不親的東西，內在化而與人合而為一，宛如肝膽般相親。因為文學主體體會的深刻真實，故下筆就能直探驪珠，故劉勰說：「擬容取心，斷辭必敢」，使所描繪的各種物事，猶如真實景物之在目前，故劉勰說：「攢雜咏歌，如川之澹」。

　　作為感物活動的「興」，指的是情與物的適然相會。〔註27〕如前面〔梁朝〕裴子野〈雕蟲論〉說：「深心主卉木，遠致極風雲，其興浮，其志弱」的「興」，也就是指感物的活動。劉勰〈物色〉篇的「情往似贈，興來如答」，〈詮賦〉篇的「觸興致情，因變取會」，取義皆與此「興」義相近。「興來如答」的「興」是指感物活動的結果，而「觸興致情」的「興」即指感物活動本身。感物活動是否圓滿深刻，其實就包括了詩人之志。而詩人之志的不同，又會影響比興的表現技巧與效果，劉勰即由此來掌握比興手法的運用與文學最徹底的關連。這種由最本源的地方來掌握創作根本準則之思想，即體現了劉勰與其他六朝文論家重視本源的思想。

二、秀句之自然觀

　　對秀句之特別注意，大概在宋齊時代就頗為風行。〔註28〕所謂秀句，劉勰〈隱秀〉篇說是「篇中之獨拔者也」，其中「獨拔」的意思很難確定，如果說它只是佳言或雋語，這樣就與現代所謂的「警句」意思很相近；如果說它只是一篇中提綱挈領的文字，就似乎與陸機《文賦》所說的：「立片言而居要，乃一篇之警策」〔註29〕的「警策」意思相近；抑或是既是一篇中的要語，亦是佳句雋語。〔註30〕從文章創作的角度著眼的，這種「萬慮一交」、「自然會

〔註27〕同註 24 頁 164。
〔註28〕請參考王夢鷗，《古典文學的奧秘——文心雕龍》（臺北：時報文化出版企業有限公司，1987 年），初版，頁 198～199。
〔註29〕同註 2，頁 104
〔註30〕請參考張少康，《文心雕龍新探》（臺北：文史哲出版社，1991 年），初版，頁 62～65。

妙」的句子，就其表現的效果來說，必然是佳句雋語，但是否爲一篇之警策，就不能確定了；爲了討論的方便起見，我們把它解釋爲文章中特別精采的句子。

劉勰在〈隱秀〉篇說：

> 心術之動遠矣，文情之變深矣，源奧而派生，根盛而穎峻。是以文之英蕤，有秀有隱。……秀也者，篇中之獨拔者也。……秀以卓絕爲巧，斯乃舊章之懿績，才情之嘉會也。……凡文集勝篇，不盈十一；篇章秀句，裁可百二。並思合而自逢，非研慮之所求也。或有晦塞爲深，雖奧非隱，雕削取巧，雖美非秀矣。故自然會妙，譬卉木之耀英華；潤色取美，譬繒帛之染朱綠。朱綠染繒，深而繁鮮；英華曜樹，淺而煒燁。秀句所以照文苑，蓋以此也。……言之秀矣，萬慮一交；動心驚耳，逸響笙匏。

〈隱秀〉篇一文，原文殘缺，劉勰有關秀句的討論，殆不出上文。首先，劉勰推源秀句之寫作，認爲它本於「心術」與「文情」，故他說：「心術之動遠矣，文情之變深矣，源奧而派生，根盛而穎峻」，說明秀句創作的本性，也強調出劉勰認爲，秀句寫作的根本動力在源奧根盛的「心生」。由「『思』合而自逢」與「萬『慮』一交」這些描述秀句寫作原因的話，其實都是植基於「心術之動遠矣，文情之變深矣，源奧而派生，根盛而穎峻」而來，可以看出，劉勰其實是開宗明義就把秀句與隱句寫作的理論綱領就標明出來。而此一理論綱領這樣強調「心生」因素，由此可以看出，秀句的寫作其實也不能脫離「心生而言立，言立而文明」的總規範。

其次，劉勰認爲，秀句之寫作，乃得之不易，故其云：「凡文集勝篇，不盈十一；篇章秀句，裁可百二」，說明有勝篇未必有秀句；其三，劉勰將秀句與美句對比，來說明秀句的創作特點。「雕削取巧，雖美非秀矣」，可見秀句的創作無關乎人爲的雕削取巧，若由「雕削」而來，至多稱得上美句，而不是秀句。這裏並不在反對人爲的雕削取巧，而在說明秀句的寫作，有人爲力量所不能到的地方。故劉勰認爲，秀句的創造乃「思合而自逢，非研慮之所求也」，說明秀句的創作是隨著心術文情之幽微變化而自自然然地逢到，而非人爲思慮的刻意求索。對於這種文學現象，劉勰用「自然會妙」、「萬慮一交」來加以解釋，在這裏「自然」一詞，指的是什麼意思呢？〔梁〕鍾嶸《詩品·中品》之「宋法曹參軍謝惠連詩」條下說：

> 康樂每對惠連，輒得佳語。後在永嘉西堂，思詩竟日不就，寤寐間，
> 忽見惠連，即成「池塘生春草」，故嘗云：「此語有神助，非我語也」。
> 〔註31〕

這裏的「神助」一詞，正可用來解釋劉勰所謂「自然會妙」與「萬慮一交」的文學現象。故「自然」的意思，就是神助天成的意思，就其字面上的意義來說，即是自然而然的意思。謝靈運那種詩思竟日不來，忽然而成的創作狀況，將劉勰所說的「萬慮一交」與自然而然地遭逢之妙，非常形象地描述出來。故劉勰「萬慮一交」就在描述這種粹然遭遇神助的精神狀況。而「動心驚耳，逸響笙匏」，是想見文學家創作秀句之時，那種驚心於自己何以能寫出這樣宛如天然的作品的讚歎，亦可見劉勰對秀句創作的推崇。因此，「動心驚耳，逸響笙匏」乃針對秀句創作的表現特色言。而這所謂「神助」，用我們現代的話來說，就是「靈感」。因為靈感的到來，似乎也不是人所能預期的，故說有如神助，從這個意義來說，自然就是天成的意思，也就是神助的意思。這種意義的「自然」，因為是不可預期的，故深具偶然性。

三、用事之自然觀

上面論及秀句的創作，乃萬慮一交，誠屬可遇而不可求；而這裏所談的用事，就比較側重在學養上。「用事」或稱為「用典」，有時也稱為「事類」。用事在當時已頗受注意，如〔梁朝〕蕭子顯《南齊書‧文學傳論》說：

> 全借古語，用申今情……唯觀事例，頓失精采。〔註32〕

據引文，「全借古語，用申今情」是典故用法上的問題，至於怎麼用典才算恰當、合於理想呢？〔北齊〕顏之推《顏氏家訓‧文章》篇，引邢子才與北齊祖孝徵之語說：

> 邢子才常曰：沈侯（沈約）文章用事，不使人覺，若胸臆語也，深
> 以此服之。祖孝徵亦嘗謂吾曰：沈詩云「崖傾護石髓」，此豈似用事
> 耶？〔註33〕

據引文，「豈似用事耶？」為肯定疑問句，雖然用事，但不使人覺得是在用事，好像完全是自己的東西，由自己的胸臆中流出。邢子才是就文章表現的效果

〔註31〕同註6，頁277。
〔註32〕同註11 頁908。
〔註33〕請參見王利器，《顏氏家訓集解》（臺北：漢京文化事業有限公司，1983年），
初版，頁253。

來說的，所謂「文章用事，不使人覺，若胸臆語」，指的是一種雕飾後的自然。

鍾嶸也談及用事，不過他是專門針對詩歌來說的，其《詩品・序》說：

> 屬詞比事，乃爲通談。若乃經國文符，應資博古；撰德駁奏，宜窮
> 往烈。至乎吟詠情性，亦何貴于用事？「思君如流水」，既是即目；
> 「高臺多悲風」，亦惟所見；「清晨登隴首」，羌無故實；「明月照積
> 雪」，詎出經、史。觀古今勝語，多非補假，皆由直尋。顏延、謝莊，
> 尤爲繁密，于時化之。故大明、泰始中，文章殆同書鈔。近任昉、
> 王元長等，詞不貴奇，競須新事，爾來作者，寖以成俗。遂乃句無
> 虛語，語無虛字，拘攣補衲，蠹文已甚。但自然英旨，罕值其人。
> 詞既失高，則宜加事義，雖謝天才，且表學問，亦一理乎！〔註34〕

鍾嶸認爲，「自然英旨」是詩歌創作的理想境界，而「吟詠情性」是詩歌創作的基本觀念。筆者在第三章第二節「文采存在的自然觀」中已有所論證。鍾嶸認爲，用事只是詩歌的一種表達手法，詩歌創作應以吟詠情性爲本源，故鍾嶸說：「至乎吟詠性情，亦何貴于用事？」，「亦何貴於用事？」即不以用事爲貴，此說蓋在防文弊。因爲齊宋以來文壇用典已成流行風氣，故他說：「文章殆同書鈔」、「詞不貴奇，競須新事，爾來作者，寖以成俗」。因此，鍾嶸其實並不是反對詩歌用典，而是爲防文家爲用典而用典，故立定一個本源來看住詩歌的創作。如果不立定這樣一個本源，任隨文家爲用典而用典，其結果是詩歌的創作不是爲吟詠情性，而是爲表學問，如此一來，就本末倒置了。由此可見，鍾嶸認爲，詩歌表現手法的運用，應以「吟詠情性」爲本，而以「自然英旨」爲高，只是鍾嶸側重在文章用事這點來立論，所以特別側重在文章用事這點來論詩歌表現手法的問題，因爲鍾嶸基於對現實的感懷而來，故其創作的自然觀又是針對種種現實的不自然造作而發的。

鍾嶸既以「自然英旨」爲高，就表現效果來說，鍾嶸強調「既是即目」「亦惟所見」，所謂「即目」，所謂「所見」，乃在描述詩歌的表現效果宛如山川景物之在目前，那樣真實逼真。鍾嶸在這裏並沒有說明要怎麼用事才自然的問題，因爲鍾嶸的目的是在爲詩歌的表現手法確立一個本源與詩歌創作的理想境界。不過，鍾嶸卻指出了文章用事最重要的兩個方面，鍾嶸說：「詞既失高，則宜加事義，雖謝天才，且表學問，亦一理乎」，即「才」與「學」的問題，劉勰的用事理論，就是從這裏切入的。

〔註34〕同註6，頁97。

　　劉勰認為，用事就是為了說明事理，援古證今為了增加論點的說服力，故〈事類〉篇說：「事類者，蓋文章之外，據事以類義，援古以證今者也」。他認為文章用事與文學主體的才學有關，〈事類〉篇說：「將贍才力，務在博見」，想要充分發揮才力，就要靠學問。但有學問不見得就有才力，因為還有天資的因素，故〈事類〉篇說：「文章由學，能在天資，才自內發，學以外成」。故內外各有其分，可以互相影響，但各有彼此不能互相作為的地方，故〈事類〉篇說：「此內外之殊分也」。可見文章用事要有後天的學養，但用得好不好，還得要靠才學之間的配合，故〈事類〉篇又說：

　　　　屬意立文，心與筆謀，才為盟主，學為輔佐。主佐合德，文采必霸，
　　　　才學褊狹，雖美少功。夫以子雲之才，而自奏不學，及觀書石室，
　　　　及成鴻采。表裏相資，古今一也。

據引文，「才為盟主，學為輔佐」，才力繫於文學主體，而學養由外而入，也說明了文學創造以實現作家才力為主，而不是在表現作家的學問。但總的說來，才學是作家用典的兩個基本因素。而用典的目的，乃為表現作家的情志。〈事類〉篇說：

　　　　明理引乎成辭，徵義舉乎人事，乃聖賢之鴻謨，經籍之通矩也。

劉勰認為，引成辭、舉人事乃是為了明理、徵義，也就是為表達作家個人情志而用典。而這個理論準則的確立，基本上，仍是扣緊〈原道〉篇「心生而言立，言立而文明」的總規律而來。在這個前提下，劉勰認為，典故的運用有一些比較具體的方法，他在〈事類〉篇說：

　　　　經典沈深，載籍浩瀚，實群言之奧區，而才思之神皋也。揚、班以
　　　　下，莫不取資。任力耕耨，縱意漁獵，操刀能割，必列膏腴。是以
　　　　將贍才力，務在博見，狐腋非一皮能溫，雞蹠必數千而飽矣。是以
　　　　綜學在博，取事貴約，校練務精，捃理須覈，眾美輻輳，表裏發揮……
　　　　故事得其要，雖小成績，譬寸轄制輪，尺樞運關也。或微言美事，
　　　　置於閑散，是綴金翠於足脛，靚粉黛於胸臆也。凡用舊合機，不啻
　　　　自其口出；引事乖謬，雖千載而為瑕。

首先，「綜學在博」。劉勰說：「將贍才力，務在博見」，要充分發揮所蘊蓄的才力，表現文學家的情志，首先要博學；其次，「取事貴約，校練務精，捃理須覈」，旨在說明用事不在多，而是要用在關鍵點上，故劉勰說：「故事得其要，雖小成績，譬寸轄制輪，尺樞運關也。或微言美事，置於閑散，是綴金

翠於足脛，靚粉黛於胸臆也」，閑散是指沒有放在關鍵點上，對文章來說可有可無的意思，這說明了文章用事講究「要約」與「精當」。又文章所用之典故，須能核實於所陳之理，才能起說服的作用，故劉勰說：「引事乖謬，雖千載而為瑕」，強調文章用事要「核實」。文章用事若能順著這些要求，表現在創作上，必能「用舊合機，不啻自其口出」。而這裏的「不啻自其口出」與「贊」所說的「用人若己」，即是用事歸本於自然的表現特徵。

四、對偶之自然觀

對偶的問題，是自漢代以來，似乎就一直頗受注意，〔梁〕劉勰〈麗辭〉篇說：「自揚馬張蔡，崇盛麗辭」，所謂「麗辭」，就是對偶，從劉勰本文中「奇偶適變」「迭用奇偶」之言，可以很明顯地推知。〔梁朝〕蕭子顯《南齊書·文學傳論》也說，當時人寫文章是「非對不發」。〔註35〕但六朝文論家中，把文章對偶的問題與「自然」觀念相關聯者，只有劉勰一人，故以下對對偶之自然觀的探討，以劉勰對偶之創作理論為主。

在本文第三章第二節的第三目「對偶存在的自然觀」中，已經論證劉勰〈麗辭〉篇中「心生文辭，運裁百慮，高下相須，自然成對」為對偶創作的必然規律，並把它扣合到〈原道〉篇「心生而言立，言立而文明，自然之道」來論，可見此一創作對偶的必然規律也是歸本於「自然」的。而由〈麗辭〉篇之「豈營麗辭，率然對爾」「奇偶適變，不勞經營」之語，可以看出，都是植基於對偶創作的必然規律。由此可見，劉勰認為，「心生文辭，運裁百慮，高下相須，自然成對」為創作對偶的理論準則。〈麗辭〉篇說：

> 唐、虞之世，辭未極文，而皋陶贊云：「罪疑惟輕，功疑惟重」。益陳謨云：「滿招損，謙受益」。豈營麗辭，率然對爾。《易》之《文》《繫》，聖人之妙思也。序《乾》四德，則句句相銜；龍虎類感，則字字相儷。乾坤易簡，則宛轉相承；日月往來，則隔行懸合。雖句字或殊，而偶意一也。至於詩人偶章，大夫聯辭，奇偶適變，不勞經營。自揚、馬、張、蔡，崇盛麗辭。如宋畫吳冶，刻形鏤法，麗句與深采並流，偶意共逸韻俱發。至魏、晉群才，析句彌密，聯字合趣，剖毫析釐。然契機者入巧，浮假者無功。

首先，在唐虞的時代，「辭未極文」並不很講究寫作華麗文辭，然仍「句句相銜」、

「字字相儷」，由此可見，文章對偶非刻意使然，故劉勰說：「豈營麗辭，率然對爾」乃順應文學主體表達上的需要而對，所謂「率」，是指率性就有，不必藉由外在，故郭象注《莊子‧大宗師》說：「率性直往者，自然也」，〔註36〕而是本於天性，而不由外在目的。劉勰又認為，文章創作形式上的奇句或偶句，是本於文學主體情志之變，而不需要刻意去造成，故說：「奇偶適變，不營經營」。劉勰又認為自魏晉以來，文章更注重對偶的經營，但如果能合此理論準則就自能得其巧妙，就是自然，故劉勰說：「契機者入巧」，所謂「機」，就是指創作對偶的理論準則。如果失此理論準則，就是浮假，就是不自然，故劉勰說：「浮假者無功」，因此沒有什麼存在的價值。

劉勰在〈麗辭〉篇還介紹了對偶創作的幾個主要的方式，他說：

> 麗辭之體，凡有四對：言對為易，事對為難，反對為優，正為對劣。
> 言對者，雙比空辭者也；事對者，并舉人驗者也；反對者，理殊趣
> 合者也；正對者，事異義同者也。

而這些對偶方式的運用，在理論上，都應該以對偶創作的理論準則為本。基於這個理論準則，劉勰認為，對偶創作的表現特點為何呢？〈麗辭〉篇說：

> 必使理圓事密，聯璧其章，迭用奇偶，節以雜佩，乃其貴耳。

文章對偶乃承文學主體之情志而來，故不必拘於形式上的非對不發，故劉勰主張「迭用奇偶，節以雜佩，乃其貴耳」。若一旦運用對偶的創作手法，就應該對對偶的「理圓事密，聯璧其章」才算可貴。劉勰對偶理論的高明處，正在其掌握了創作對偶之文的理論準則，故不自陷於用奇或用偶的現象紛擾之中。

五、聲律之自然觀

文章講究聲律之美，乃是六朝流行的文學風氣，如〔北齊〕顏之推《顏氏家訓‧文章》篇說：「今世音律諧靡，章句偶對，諱避精詳，賢於往昔多矣。」〔註37〕郭紹虞先生《中國文學批評史》曾說：

> 音律與自然有時亦適以相成，非必主自然者定斥音律也。《文心雕
> 龍‧聲律》篇云：「夫吃文為患，生於好詭，逐新趣異，故喉脣紛紜。
> 將欲解結，務在剛斷，左礙而尋右，末滯而討前，則聲轉於吻，玲
> 玲如振玉。辭靡於耳，纍纍如貫珠矣。」蓋言亦惟自然，始能使聲

〔註36〕同註18，頁281。
〔註37〕同註33，頁250。

律奏其美也。」〔註38〕

據引文，郭紹虞先生認爲劉勰聲律之理論主張，既重自然又不廢聲律，劉勰聲律論的自然觀是什麼呢？郭紹虞先生又說：

> 大抵最初的音律，都是指自然的音律。……司馬相如所謂「一宮一
> 商」，陸機所謂「音聲之迭代」皆已洩其秘了，不過他們只能明其然
> 而不能言其所以然，所以至多只能說明自然的音調，而不足以制定
> 人工的音律。……〔宋〕范曄〈與甥姪書〉中有一節云：『性別宮商，
> 識清濁，斯自然也。觀古今文人，多不全了此處，縱有會此者，不
> 必從根本中來。言之皆有實證，非爲空談。』……他確是想把自然
> 的音調，制爲人工的音律。〔註39〕

郭氏認爲人工音律伏源於自然音律。顯然這種說法，並不足以突顯文論中人工聲律與自然聲律的辯爭。廖蔚卿先生《六朝文論》之「聲律論」部分，談及自然聲律與人工聲律之辨，他說：〔註40〕

> 六朝的聲律論討論到語文的聲韻，自然就有方法及規律產生。不過，
> 六朝文論家對於這一問題，大概可分二派：一派多主張自然的音韻，
> 不講求一定的規律，只著重聲韻的調協；另一派則主張人爲的聲律，
> 要求一定的規律，因而產生了四聲八病之說。

依據廖氏的看法，主張自然聲律者，可以鍾嶸爲代表；主張人工聲律者，可以沈約諸人爲代表；劉勰的聲律說，則是「介於自然的聲調與人爲的聲律說之間」，〔註41〕可視爲二說的調合。筆者認爲，主張人爲聲律者，將創作聲律的標準定在「一定的規律」，容易流於以形式規律爲主的流弊。主張自然聲律者，既不講求「一定的規律」，則必另有標準，若只著重聲律的調協，不重視所以調協之法，亦是矯枉過正。以下分別討論〔梁〕沈約、鍾嶸與劉勰三人之看法。

首先討論沈約的人工聲律論。〔梁〕沈約《宋書·謝靈運傳論》說：

> 先士茂製，諷高歷賞，子建函京之作，仲宣霸岸之篇，子荊零雨之
> 章，正長朔風之句，並直舉胸情，非傍詩史，正以音律調韻，取高

〔註38〕　請參考郭紹虞，《中國文學批評史》（臺北：文史哲出版社，1990年），頁157。
〔註39〕　同註38，頁142。
〔註40〕　請參考廖蔚卿，《六朝文論》（臺北：聯經出版事業公司，1978年），初版，頁118。
〔註41〕　同註40，頁120。

> 前式。自騷人以來，此祕未覩。至於高言妙句，音韻天成，皆闇與
> 理合，匪由思至。〔註42〕

沈約所以提出他的聲律理論，是因為他洞識到許多前輩名家的作品，皆暗與某種天然之理相合，沈約人工聲律由此啟發而來。由此可見，沈約人工聲律的理論構設，也是植基於某種聲律的天然原理。關於六朝人工聲律的問題，前輩學者已經討論得很多，筆者以郭紹虞先生《中國文學批評史》一書，討論人工聲律所得的幾個結論，作為這個部分討論的基本認識，摘其要臚列於下：〔註43〕

（一）「齊梁之間，反切之應用既廣，而雙聲疊韻之辨遂嚴；聲韻之著作既多，而平上去入之分析以定。於是遂有所謂『永明體』應運以生了。」

（二）「所謂『永明體』云者，不過是人工的音律之應用於文辭而已。當時人本這種人工的音律以撰製文辭，亦本於這種人工的音律以批評文辭。」。

（三）沈約提出「宮羽相變，低昂舛節」的基本原理，來製定「聲」「病」等遵守之定律，定律之一是所謂「以平上去入為四聲，以此制韻，不可增減」；定律之二是所謂「五字之中，音韻悉異，兩句之內，角徵不同」；前者為「四聲之辨，雖始於周顒，而四聲之制韻，至沈約而始定。」；後者為「宮商之論，雖亦發自王融，而八病之規定，則亦至沈約而始行。所以齊梁之聲律，實肇自沈約」。

（四）「昔人行文未嘗不知叶韻之同聲相應，但析韻細密，而以四聲定韻不可增減，則始於永明。……昔人行文也未嘗不知一宮一商之異音相從，但區分『平頭』、『上尾』『蜂腰』『鶴膝』『大韻』『小韻』『旁紐』『正紐』八病而歸於『五字之中音韻悉異，兩句之內，角徵不同』之原則中，則亦始於永明。」

由此可推知，文學史上六朝的人工聲律說，實以沈約為代表。而這種人工音律析韻細密，講究一定的規律，儼然已成為當時創作的規範與批評的標準。筆者認為，如果將四聲八病視為是創作聲律的技巧，而不是創作必然要遵守的準則，應該就不致於導致什麼流於形式的弊端。而在沈約當時，聲律的和不和諧取定於所謂的四聲八病，導致當時文論家提出許多質疑。如與他同時

〔註42〕請參見〔梁〕沈約，《宋書》（臺北：鼎文書局，1975 年），卷六七，頁 1779。
〔註43〕同註38，頁 142～145。

的陸厥在〈與沈約書〉說：〔註44〕

> 一人之思，遲速天懸，一家之文，工拙壞隔；何獨宮商律呂，必責
> 其如一邪？

沈約〈答陸厥書〉則說：

> 天機啟則律呂自調，六情滯則音律頓舛也。〔註45〕

沈約在這裏指出，聲律的創作與「天機」、「六情」等內在因素有關。文家創作聲律若只能等待天機，必然造成對創作的一種莫大的拘限，同時，文章也很難有穩定水準的表現。因此，文章聲律技巧上的運用，實在不容忽視。由此可見，沈約起初的立意，只是希望消除這些弊端，以開放文章聲律的創作。但發展到後來，不免會有走極端的情況，如陸厥說：「必責其如一邪？」，責其聲律創作非四聲八病不可。鍾嶸《詩品‧序》也針對這種愈演愈烈的情況提出批評，他說：

> 王元長創其首，謝脁、沈約揚其波，三賢或貴公子孫，幼有文辯。
> 于是士流景慕，務為精密，襞積細微，專相陵架，故使文多拘忌，
> 傷其真美。余謂文製，本須諷讀，不可蹇礙，但令清濁通流，口吻
> 調利，斯為足矣。至平上去入，則余病未能；蜂腰鶴膝，閭里已具。
>
> 〔註46〕

鍾嶸這裏說的「務為精密，襞積細微，專相陵架」只是現象，造成這個現象背後的原因是：當時文家創作聲律以析韻細密的四聲八病為標準，導致創作技巧運用上的拘執，無法充分發揮或開發文章之美，鍾嶸由此說：「使文多拘忌，傷其真美」。所謂「真」，就是「自然」，指的是文學創作的本真。而這所謂「本真」，是本於創作的內在要求或自發要求，而非以外在或世俗的要求來取定。將「自然」與「真」的觀念關聯起來的用法，在《莊子‧漁父》中已有：「真者，所以受於天地，自然不可易也」，〔註47〕六朝時，郭象注《莊子‧大宗師》也者：「夫真者，不假於物而自然也」，〔註48〕皆是其例。鍾嶸由此提出聲律則創作的本真為「清濁通流，口吻調利」，並以此來作為聲律創作的根本準則。這樣一來，聲律創作以「清濁通清，口吻調利」為本，就是自然，

〔註44〕同註14，全齊文卷二四，頁7。
〔註45〕同註14，卷二八，頁7。
〔註46〕同註6，頁111～112。
〔註47〕同註18，頁1032。
〔註48〕同註18，頁242。

不以它爲本，就是不自然。因爲鍾嶸的聲律理論是基於對現實的關懷而提出的，故鍾嶸聲律創作的自然觀，也可說是，針對詩歌聲律「務爲精密，襞積細微，專相陵架」的不自然來說的。

黃侃先生《文心雕龍札記・聲律第三十三》說：

> 至於便籀誦，利稱說者，總歸一揆，亦何必拘拘於浮切，齗齗於宮徵，然後爲貴乎？……善乎鍾記室之言曰。「文製本須諷讀，不可蹇礙，但令清濁通流，口吻調利，斯爲足矣」斯可謂曉音節之理，藥聲律之拘。〔註49〕

依黃氏之說，鍾嶸自然聲律說所以「藥聲律之拘」，乃在其「總歸一揆」，掌握到了文章聲律的根本。而沈約顯然就缺少了這一根本原理的提出，在人工音律逐漸走向末流時，因爲沒有一個較高的理論原則來導正，就很容易被詬病甚至淘汰。然而沈約人工聲律論的提出，也有不可忽視的貢獻：在理論上，豐富了對文章樂律的認識；在創作上，解除聲律創作等待天機或靈感的拘限，因而提高了聲律創作的自覺程度，使文章能夠保持某種穩定的水準；在文學史上，喚起了當時文壇對文章聲律的高度注意，影響了後來唐詩格律的形成，促進了文學的發展。然而當時文壇風氣，過於拘限於四聲八病的形式規律，而造成對當時某些個別作家創作上的不利影響，可說是沈約聲律理論的不足。

劉勰的聲律說，根據本文第三章第二節第二目「聲律存在的自然觀」的探討，劉勰認爲，「吹律胸臆，調鐘脣吻」爲辨識聲律創作是否自然的標準。劉勰在〈聲律〉篇，進一步提出如何「調鐘脣吻」的問題，他說：

> 今操琴不調，必知改張，摛文乖張，而不識所調。響在彼絃，乃得克諧，聲萌我心，更失和律，其故何哉？良由內聽難爲聰也，故外聽之易，絃以手定，內聽之難，聲與心紛。可以數求，難以辭逐。

由「良由內聽難爲聰也，故外聽之易，絃以手足，內聽之難，聲與心紛」的話，可以推知，劉勰已經認識到了聲律創作的困難。而這與沈約在〈答陸厥書〉說的「天機啓則律呂自調，六情滯則音律頓舛」〔註50〕的說法很相近。由此可見，聲律的創作要完全憑藉天機或靈感，實在是有點困難的。基於這個原因，劉勰想要提出對於聲律創作的可行法則，他說：「可以數求」，這與

〔註49〕 請參考黃侃，《文心雕龍札記》（臺北：文史哲出版社，1973 年），再版，頁115。

〔註50〕 同註42。

沈約的見解合轍，也是肯定其中有某種規律可尋。〈聲律〉篇說：

> 凡聲有飛沈，響有雙疊。雙聲隔字而每舛，疊韻離句而必睽，沈則響
> 發而斷，飛則聲颺不還，並轆轤交往，逆鱗相比。迂其際會，則往蹇
> 來連，其爲疾病，亦文家之吃也。夫吃文爲患，生於好詭，逐新趣異，
> 故喉脣紕紛，將欲解結，務在剛斷。左礙而尋右，末滯而討前，則矣。

首先，文章聲律是本於人聲的，故劉勰在此提出人聲發音的基本原理，爲「凡
聲有飛沈，響有雙疊。雙聲隔字而每舛，疊韻離句而必睽，沈則響發而斷，
飛則聲颺不還」。由此可見，劉勰認爲，要掌握聲律創作的關鍵，必先掌握人
聲發音的基本原理，這其實是劉勰理論的一貫態度，就是其掌握本源的作法。
其次，劉勰認爲，文家如果能恰當地運用人聲發音的基本原理，文章的聲律
就會顯得「轆轤交往，逆鱗相比」，若不能恰當地運用，則文章「迂其際會，
則往蹇來連，其爲疾病，亦文家之吃也」，就像人患了口吃一般。再其次，劉
勰基於對現實的關懷，認爲當時文壇「吃文爲患」的現象，是由於文家好詭，
逐新趣異，而導致文章聲律不自然，不和諧。最後，劉勰認爲，要使文章和
諧自然，可以掌握人聲發音的一些基本原理，「左礙而尋右，末滯而討前」前
後左右推敲一番，這樣一來，文章聲律就能「聲轉於吻，玲玲如振玉，辭靡
於耳，纍纍如貫珠矣」。劉勰在此，顯然是運用了文章聲律是否自然的辨識標
準之一：「調鐘脣吻」，可見「聲轉於吻，玲玲如振玉，辭靡於耳，纍纍如貫
珠」就是文章聲律合於「自然」的表現特色。

　　劉勰在第三章本體論的探討中，已經確立了「吹律胸臆，調鐘脣吻」爲
聲律創作的必然規律，而在創作論中此一聲律創作的必然規律則轉爲聲律創
作的理論準則。其中「調鐘脣吻」的理論原則，在理論上與鍾嶸的「清濁通
流，吻口調利」相通，而其「吹律胸臆」乃是扣緊其文學創作的總規律而來
的，這是劉勰聲律自然觀的特殊之處。劉勰不僅提出文章聲律的理論準則，
同時也認識到文章聲律的困難，因而也非常重視聲律的創作技巧，文章聲律
源自於人心，而把它徵實於外在的物理基礎時，就需要高度的技術化，光憑
口吻調利是不夠的，這也是劉勰所以重視聲律之創作技巧的原因。

第二目　整體結構的自然觀

一、附會之自然觀

　　關於文章結構之自然觀念的探討，就目前所能見到的六朝文獻中，除了

劉勰沒有第二人觸及。劉勰設立了〈附會〉、〈鎔裁〉與〈章句〉三篇來專門探討文章結構的問題，根據劉勰整個理論體系來看，可以很清楚的意識到劉勰關於文章結構的探討，基本上，仍是扣緊「心生而言立，言立而文明」的總規律來立論。劉勰〈序志〉篇彌綸全篇有「苞會通」之言，「會」即指〈附會〉篇，劉勰這樣提起，大概它具有某個方面的總論性質，故我們先從〈附會〉篇討論起。

劉勰〈附會〉篇說：

> 何謂附會？謂總文理，統首尾，定與奪，合涯際，彌綸一篇，使雜
> 而不越者也，若築室之須基構，裁衣之待縫緝矣。夫才童學文，宜
> 正體製。必以情志爲神明，事義爲骨髓，辭采爲肌膚，宮商爲聲氣。
> 然後品藻玄黃，摛振金玉，獻可替否，以裁厥中，斯綴思之恒數也。

所謂「使雜而不越」，這其中暗示需要有某種辨識的標準，才能使整體與單位以及各個單位之間，統合成一個整體，所謂「總文理，統首尾，定與奪，合涯際，彌綸一篇」正是附會之術所要達到的目標。「基構」即基礎，好比蓋房子先要有地基，沒有地基房子就不牢靠；「縫緝」即整合的意思，裁好的衣料一塊一塊的，若不把它縫合在一起，依然是零散的成不了一件衣服。文章的結構也是一樣，若沒有某種辨識的標準來作整合，文章也就零散片斷成不了一篇文章，或成不了一篇好的文章。因此，劉勰接著就把這個辨識標準提出來，即所謂「必以情志爲神明，事義爲骨髓，辭采爲肌膚，宮商爲聲氣。然後品藻玄黃，摛振金玉，獻可替否，以裁厥中，斯綴思之恒數也」。由「綴思之恒數」之言，可以推知，劉勰把「以情志爲神明，事義爲骨髓，辭采爲肌膚，宮商爲聲氣」視爲是文章結構的理論準則。

在文章整合或結構的過程中，首先，「以情志爲神明」。「情」是文學主體精神狀態的總稱，如〈神思〉篇說：「情數詭雜」即是其例；而「志」就比較帶有特殊的方向性與目的性，如〈比興〉篇說：「蓋隨時之義不一，故詩人之志有二也」。文學主體爲何取此「事義」，而不取彼「事義」爲文章表達的內容，必須推源於文學主體的情志，故劉勰說：「以情志爲神明」；其次，「事義爲骨髓」。即是根據情志來進一步鎔鑄文章所要表達的內容，這一過程主要是讓文學主體對文章所要表達的內容有某種程度的自覺掌握。換句話說，文學主體所要表達的情思，在未用物理媒介徵實之前，必須經過一段陶塑鎔鑄的過程，這正是劉勰在這裏所要強調的，正是爲後來語言文字的徵實過程作準

備，這可以說是關於「表達什麼？」的問題；第三，「辭采爲肌膚」。應是屬於「如何表達？」的問題。乃是承繼前面兩個過程而來，探討如何運用文學媒介將所要表達的內容固定下來的問題，而這必然要涉及高度的創作技巧的運用，也就劉勰所謂「文術」的問題。最後，「宮商爲聲氣」。所謂「聲氣」，是人的生命力，透過發音器官，所發出的聲音，〔註51〕而文章聲氣的物理基礎是言語。換句話說，言語的運用根於心，而與文章聲氣（文氣）的表達是一起的，故在「辭采爲肌膚」後才是「宮商爲聲氣」。劉勰把它視爲是從事文章整合活動的不移法則，故說：「綴思之恒數」。

　　這些理論原則展示了一文學活動的過程，由內到外，以情志爲本體，每一過程彼此相關依序而融貫爲一個整體，由此可知，它是扣緊著〈原道〉篇「心生而言立，言立而文明，自然之道也」的總規律來說，這樣一來，劉勰就把「以情志爲神明，事義爲骨髓，辭采爲肌膚，宮商爲聲氣」這一理論準則，也歸本於「自然」了。〈附會〉篇說：

> 凡大體文章，類多枝派，整派者依源，理枝者循幹。是以附辭會義，務總綱領，驅萬塗於同歸，貞百慮於一致。使眾理雖繁，而無倒置之乖，群言雖多，而無棼絲之亂。扶陽而出條，順陰而藏跡，首尾周密，表裏一體，此附會之術也。夫畫者謹髮而易貌，射者儀毫而失墻，銳精細巧，必疏體統。故宜詘寸以信尺，枉尺以直尋，棄偏善之巧，學具美之績，此命篇之經略也。

劉勰在這段文字，主要是論「附會之術」。首先，這附會之術是依據前面附會的理論準則而來，只是更側重地指出，附會之術在具體運用上的關鍵，即在整個「體統」的掌握，而所謂「體統」，就是指附會的理論準則。其次，劉勰論附會之術，是連帶其表達或表現效果來說的，而附會之術連帶而來的表達或表現效果是「首尾周密，表裏一體」。再其次，「附會」一詞，依劉勰的說法即是「附辭會義」。而附會主要是針對謀篇的問題來立論，故劉勰說：「此命篇之經略」，也就是謀篇之策略的意思。根據以上的討論，文家之謀篇，若能依附會的理論準則，就是自然，失此附會的理論準則，就是不自然。

二、鎔裁之自然觀

　　劉勰在〈附會〉篇所提出之附會理論準則或謀篇理論準則，主要在立定

〔註51〕請參考朱榮智，《文氣論研究》（臺北：臺灣學生書局，1986 年），初版，頁 1 ～3。

整篇文章如何統合的主次關係，而其附會之術則主要強調出掌握文章整個「體統」的重要性，而這個體統當然是針對附會的理論準則來說的。因此，劉勰〈附會〉的中心思想，即在確立一理論準則來統貫整個文學創作活動相關部分，並立定主次關係。而鎔裁則側重探討情理與辭采的關係，明顯地，是扣合〈附會〉篇之「必以情志為神明，事義為骨髓，辭采為肌膚，宮商為聲氣」的「事義為骨髓，辭采為肌膚」部分而來。故筆者在附會之後論鎔裁。

〈鎔裁〉篇說：

> 情理設位，文采行乎其中；剛柔以立本，變通以趨時。立本有體，意或偏長；趨時無方，辭或繁雜。蹊要所司，職在鎔裁，櫽括情理，矯揉文采也。規範本體謂之鎔，剪截浮詞謂之裁，裁則蕪穢不生，鎔則綱領昭暢，譬繩墨之審分，斧斤之斲削矣。

黃侃先生《文心雕龍札記‧鎔裁第三十二》說：

> 作文之術，誠非一二言能盡，然挈其綱維，不外命意修詞二者而已。……意之患二：曰雜，曰竭。竭者不能自宣，雜者無復統序。辭之患二：曰枯，曰繁。枯者不能求達，繁者徒逐浮蕪。枯竭之弊，宜救之以博覽；繁雜之弊，宜納之於鎔裁。舍人此篇，專論其事。
>
> 〔註52〕

首先，所謂「情理設位，文采行乎其中」，即先設定情理，然後文采才行於其中，這顯然是扣緊了劉勰〈附會〉篇之「事義為骨髓，辭采為肌膚」理論準則來說，其實也是植基於劉勰〈原道〉篇之「心生而言立，言立而文明」的總規律，故亦歸本於自然。所謂「情理設位」，就是黃氏所說的「命意」。而文章命意的問題，概括來說有二：一是「雜」；一是「竭」，劉勰只說「意或偏長」，由「或」字可知，非只「偏長」一端，可見黃氏之善讀。由此亦可見，劉勰對於「情理該怎樣設位？」的問題，主要側重在「雜」這點上來立論。所謂「文采行乎其中」，就是黃氏所說的「修詞」。而文章修詞的問題，概括來說有二：一是「枯」；一是「繁」，劉勰只說「辭或繁雜」，由「或」字可知，非只「繁雜」一端，可見黃氏之善讀。由此亦可見，劉勰對於「文采該怎樣安排？」的問題，主要側重在「繁」這點上來立論。

其次，為何命意會有蕪雜的現象呢？劉勰說：「剛柔以立本」，「立本有體」。「剛柔」是指人所稟之氣。從人的稟氣來說「體」，則所立之本體，必顯

〔註52〕 同註49，頁112。

其個性。從個性來說文章命意的問題，則有時側重顯蕪雜，有時或顯其他。由此可見，文章的命意如何，其實與個性或文章風格有很大的關係。爲何修辭會有繁雜的現象呢？劉勰說：「變通以趨時」「趨時無方」。學有時代性，故文學必然要「趨時」，合乎時代的要求，文章要順應時代的要求，文辭的舖設要適應於當時社會的情調，必須講求「通變」，而通變之法是「無方」的，並沒有固定不變的成規可尋，故文辭的構設難免容易流於繁雜。

再其次，如何克服文章命意的蕪雜現象呢？如何解決文章修辭的繁雜現象呢？劉勰提出「櫽括情理，矯揉文采」的「鎔裁」之術。所謂「鎔」，就是劉勰說的「規範本體」，文章能「鎔」則「綱領昭暢」；所謂「裁」，就是劉勰說的「剪截浮詞」，文章能「裁」則「蕪穢不生」。

這樣一來，文家該如何來規範本體，剪截浮詞呢？劉勰在〈鎔裁〉篇提出具體的鎔裁之術，他說：

> 凡思緒初發，辭采苦雜，心非權衡，勢必輕重。是以草創鴻筆，先標三準：履端於始，則設情以位體；舉正於中，則酌事以取類；歸餘於終，則撮辭以舉要。然後舒華布實，獻替節文。繩墨以外，美材既斲，故能首尾圓合，條貫統序。若術不素定，而委心逐辭，異端叢至，駢贅必多。

據引文，「草創鴻筆，先標三準」的「三準」之說，其實就是劉勰的鎔裁之術。第一準，劉勰說：「履端於始，則設情以位體」，這裏所謂「情」，應指一般意義的文家所要表達的情感內容。所謂「體」，應與前面以氣稟言「體」的體有關，指的是文家特殊的才性或個性。所以這句話的意思是，文家應配合個人的特殊才情來鎔鑄所要表達的情思。第二準，劉勰說：「舉正於中，則酌事以取類」，這裏的「酌」與「取」有抉擇或取捨的意思，根據什麼東西來抉擇或取捨呢？當然是承前一準而來，根據鎔鑄後的「體」來取捨材料的內容。第三準，劉勰說：「歸餘於終，則撮辭以舉要」，這裏的「要」，亦是承前面二準而來，即根據鎔鑄後的「體」，抉擇過的「事類」或材料，來舖設文辭。劉勰認爲，文章鎔裁能依此三準來「舒華布實，獻替節文」，就能表現「首尾圓合，條貫統序」的文章特色，而此一文章特色，乃是劉勰提出鎔裁之術而連帶其表現特色來說的。而由這一鎔裁之術的表現特色，也可以看出，劉勰其實是將「鎔裁」也視爲是文章整體結構的經營之一。

劉勰認爲，文家要練鎔裁，應曉繁略之理，〈鎔裁〉篇說：

> 三準既定，次討字句。句有可削，足見其疎；字不得減，乃知其密。
> 精論要語，極略之體；游心竄句，極繁之體；謂繁與略，隨分所好。
> 引而申之，則兩句敷為一章；約以貫之，則一章刪成兩句。思贍者
> 善敷，才覈者善刪，善刪者字去而意留，善敷者辭殊而意顯。字刪
> 而意闕，則短乏而非覈；辭敷而言重，則蕪穢而非贍。

劉勰在這裏提出一個檢查文辭是否需要裁剪的具體方法，為「句有可削，足
見其疎；字不得減，乃知其密」。文辭之「疎」，不等於「繁」；同理，文辭之
「密」，不等於「略」。劉勰認為「精論要語」，才可算是「極略之體」；又認
為「游心竄句」，才可算是「極繁之體」。而繁略之體的經營，又與個人的才
性有很大的關係，由此可見，鎔裁之命意修辭二端，其實是相連一體，不可
分割的。

三、章句之自然觀

劉勰在〈章句〉篇的論述，基本上，仍植基於〈附會〉篇之「必以情志為
神明，事義為骨髓，辭采為肌膚，宮商為聲氣」文章整合的理論準則，而較側
重在「辭采為肌膚，宮商為聲氣」來立論。比較具體地討論了安章造句的問題，
以及章句的離合與文章聲調的關係。劉勰把創作的活動視為是一個整體，故安
章造句的問題當然不能與文學主體的因素分割來看。劉勰〈章句〉篇說：

> 設情有宅，置言有位：宅情曰章，位言曰句。故章者，明也；句者，
> 局也。局言者，聯字以分疆，明情者，總義以包體。區畛相異，而
> 衢路交通矣。夫人之立言，因字而生句，積句而成章，積章而成篇。
> 篇之彪炳，章無疵也；章之明靡，句無玷也；句之清英，字不妄也。
> 振本而末從，知一而萬畢矣。

〈章句〉篇一開始便說：「宅情曰章，位言曰句」，由此可見，安章造句是〈章
句〉篇的主題。由「人之立言，因字而生句，積句而成章，積章而成篇」這
句話，可以看出，劉勰把章句視為是文章整體結構的一部分，而整個文章的
結構主要包括四個部分，為篇、章、句、字四者。這四者連成一體，而為文
章的基本單位。其中以章句二者為主，因為「篇之彪炳，章無疵也；章之明
靡，句無玷也；句之清英，字不妄也。振本而末從，知一而萬畢矣」，篇的彪
炳是立基於篇中每一章的無疵，而章的明靡則是以章中每一句話的完美無瑕
為基礎，由此可見，要求文章整體結構的和諧，章句的安排是非常重要的關
鍵。雖然，句子的清英也植基於句中每個字的不亂用，通常字是不單獨來看，

必須把它放在句子中才有意義。因此，劉勰在這裏所說的「振本而末從，知一而萬畢」的「本」與「一」，相對於文章整體結構的「篇」來說，就是指章句二者。

章句在篇中怎樣來結構呢？〈章句〉篇說：

> 章句在篇，如繭之抽緒，原始要終，體必鱗次。啟行之辭，逆萌中篇之意；絕筆之言，追媵前句之旨。故能外文綺交，內義脈注，跗萼相銜，首尾一體。若辭失其朋，則羈旅而無友；事乖其次，則飄寓而不安。是以搜句忌於顛倒，裁章貴於順序。斯固情趣之指歸，文筆之同致也。

章與句既為文章的基本單位，由「章句在篇，如繭之抽緒，原始要終，體必鱗次」之言，可以看出，劉勰其實把章與句都看作是篇中的結構單位，每個結構單位，就是一個「體」。因此，句體在章體中，必層次分明，始終為一，才能成就一個章體；同理章體之在篇體中，也必層次井然，貫徹如一，才能成就整個篇體。就連篇體中的，開頭與結尾的話也互相呼應，可見文章整體結構之密。劉勰認為，文家安章造句，若能「原始要終，體必鱗次」，依此章句之術，就能使文章「外文綺交，內義脈注，跗萼相銜，首尾一體」。從「首尾一體」的話，也可看出，劉勰其實是把「章句」視為是對文章整體結構之經營的探討。由章句之術連帶而來的表現效果之「首尾一體」的話來看，也可推知，劉勰所提的章句之術也是歸本「自然」。基於此章句之術，劉勰認為，句體中的結構條理，最忌「顛倒」；而章體中的結構條理，最關鍵的在於「順序」，故〈章句〉篇說：「搜句忌於顛倒，裁章貴於順序」，旨在說明文章內在秩序的重要性，因為文章是意義的結構，文章如果失於條理順序，很容易讓人不知所云，因此，它是文章表達的關鍵因素。

文章既是意義的結構，則章句的分合必不能脫離「意義」的因素，這就使章句之術往前扣合到「必以情志為神明，事義為骨髓」的謀篇理論準則。但是，除了「意義」因素以外，劉勰認為，文章聲調或聲氣也是章句分合的重要因素，「離章合句，調有緩急，隨變適會，莫見定準」，這就使章句之術往後扣合到「辭采為肌膚，宮商為聲氣」的謀篇理論準則。對於句體，它的構句條理與聲調的關係，劉勰〈章句〉篇說：「筆句無常，而字有條數。四字密而不促，六字格而非緩，或變之以三五，蓋應機之權節也」，劉勰殆認為，筆句的寫作，四字與六字的句子，一般說來，語氣比較舒緩，而三字與五字

的句子就比較急促，故若以四字或六字的句子爲主，應機雜以三字或五字的句子，這樣一來，句子的構造就更顯抑揚頓挫之美，而不致使音節板滯凝重。

關於用韻的問題，劉勰認爲，文章的押韻與文氣的調節有很大的關係，〈章句〉篇說：「若乃改韻從調，所以節文辭氣」。劉勰並認爲，文章怎樣押韻，其實各有文家之用心，〈章句〉篇說：「賈誼枚乘，兩韻輒易；劉歆桓譚，百句不遷，亦各有其志也」。雖然是各有其志，但是，就文氣的調節這點來看，劉勰說：「然兩韻輒易，則聲韻微躁；百句不遷，則唇吻告勞，妙才激揚，雖觸思利貞，曷若折之中和，庶保无咎」兩韻一轉，或百句都不轉韻的情況，都太極端了，不如加以折中，這種折中的思想，體現了劉勰自己在〈序志〉篇中說的「擘肌分理，唯務折衷」。

第三節　文章風格的自然觀

六朝文論雖屬開創期，但從自然觀點來探索文章風格問題的人，主要有〔魏〕曹丕與〔梁〕劉勰兩人。曹丕《典論・論文》最先以「氣」言文，劉勰〈體性〉篇爲學界公認的風格論專篇，〈體性〉篇說：「吐納英華，莫非情性，……觸類以推，表裏必符，豈非自然之恆資，才氣之大略哉」。因爲曹丕與劉勰都是從創作者的角度，來討論作者文章風格的塑造問題，故筆者以「文章風格」來顯題，一是爲辭費，一是爲本章上下節標題的美觀著眼。

六朝的風格理論，其實是用現代人的風格觀念去詮釋所架構出來的東西。而現代人的風格觀念，似乎也沒有什麼大家一致公認的定義，否則學界也不會這麼熱衷地一直有人提出討論。儘管沒有大家一致公認的「風格」定義，不過，對共通特點與差異特點的歸納，卻一直是發現「風格類型」的主要方法。

「風格」一詞，在六朝以前就有人使用，它最初是用在人物的品評上，後來才轉用到文論上來。〔註53〕六朝文論中，對於「風格」一詞的使用，《文心雕龍・議對》篇論到應劭、傅咸與陸機三人的作品時說：「亦各有美，風格存焉」，這裏的「風格」一詞，是針對「亦各有美」來說的，指的是這些作家的文章各有特色；又〔北齊〕顏之推《顏氏家訓・文章》篇說：「古人之文，

〔註53〕請參考詹鍈，《文心雕龍的風格學》（臺北：木鐸出版社，1988年），初版，頁1～3。

宏材逸氣，體度風格，去今實遠」，〔註54〕這裏的「風格」與「體度」連詞，顯然是強調古人文章的整體印象。由這兩個例子，可以看出，就突顯個別特色與整體印象這兩點來說，實已相當接近現代人對「風格」一詞的描述，故用「風格」來轉譯西方 style 一詞，殆其來有自。

　　雖然，「風格」一詞在六朝文論中，已經非常類似現代人對「風格」一詞的描述，但它顯然是側重在批評或鑒賞方面。但是，批評或鑒賞方面的風格理論，並不是六朝風格理論的重心。六朝風格理論的重心，主要落在創作方面，其中心問題是：如何來指導創作者塑造獨特的文章風格。所謂「獨特文章風格的塑造」，相對於其他創作者來說，主要是顯兩者的差異特點；但對作者本身而言，卻是作者自己文章的共通特點。而且六朝文論中的「自然」觀念，主要也是被用來解釋創作方面的風格理論。當時的文論家雖然不用「風格」一詞，來探討創作者如何塑造獨特文章風格的問題，他們用「氣」、用「體」、用「勢」的觀念來解釋風格的問題。六朝文論家用「氣」、「體」、「勢」等觀念，來幫助解釋創作者怎樣去塑造出屬於自己一貫的、共通的風格，而又能與其他的創作者的風格特色作出區隔。所以不直接以「氣」「體」或「勢」等觀念來代替「風格」一詞的使用，因為用現代人比較能夠理解的語言，來詮釋古代人所關心或理解的問題，以期與現代人的思想脈絡關連起來，而不致有扞格不入或脫節的現象。

　　現代人所理解的「風格」概念，主要來自西方，而西方思想界對「風格」一詞，也並沒有一個明確的、大家一致認同的定義，不過廖蔚卿先生《六朝文論》一書中，引用霍克納格（Wackernagel）的話說：

> 在整個的藝術範疇裏，不論是繪畫、雕刻、音樂等等，祇要當一種內在的特性，通過了特殊形式，表現於外時，我們就說那是一種風格。〔註55〕

儘管「風格」一詞的使用含意，是那麼多元與分歧，但此說卻與劉勰在〈體性〉篇「沿隱以至顯，因內而符外」的說法，含意相通，為討論上的方便，我們借此說為「風格」一詞之界義。

　　一、

　　六朝用「氣」來探討作者文章風格的塑造問題者，首推曹丕，其《典論·

〔註54〕同註33，頁250。
〔註55〕同註40，頁188。

論文》說：

> 文以氣爲主，氣之清濁有體，不可力強而致。譬諸音樂，曲度雖均，
> 節奏同檢，至於引氣不齊，巧拙有素，雖在父兄，不能以移子弟。

〔註56〕

曹丕認爲，文以「氣」爲主，「氣」爲先天之稟賦。由氣稟觀點來說文章的表現，則文章的表現必顯個殊性，而文章風格不也正是著眼於彼此的各不相同；〔註57〕其次，先天的賦受不是人力所能左右的東西，故說：「巧拙有素，雖在父兄，不能以移子弟」，這裏預設了自然觀念，所預設的「自然」觀念，爲天然的意思，指人天生的稟賦，曹丕由「氣」來說作者文章風格的塑造，具普遍性與客觀性。

劉勰的〈體性〉篇繼承了這種思想而有所發揮，他說：

> 然才有庸俊，氣有剛柔，學有淺深，習有雅鄭，並情性所鑠，陶染
> 所凝。是以筆區雲譎，文苑波詭者矣。故辭理庸儁，莫能翻其才；
> 風趣剛柔，寧或改其氣；事義淺深，未聞乖其學；體式雅鄭，鮮有
> 反其習；各師成心，其異如面。

首先，劉勰一開始就提出〈體性〉篇的理論準則即：「情動而言形，理發而文見，蓋沿隱以至顯，因內而符外者也」，情動在內是隱，而言形於外是顯；同理，理發在內是隱，而文表現於外是顯，故他說：「沿隱以至顯」，在這裏內在的情理是因，故又說：「因內而符外」即把文學主體內在的特質視爲是創作的根源，這顯然是扣緊〈原道〉篇「心生而言立，言立而文明，自然之道也」的根本規律而來，劉勰的用意在把它歸本於自然，可見其體系的嚴密性。基於這個理論準則，作者文章風格的塑造離不開文學主體內在特質的因素。

其次，劉勰進一步分析，構成文學主體之內在特質的主觀因素，他提出才氣學習四個主要因素。關於「才」的因素，劉勰說：「才有庸俊」，可見才分有庸俊之別。劉勰又認爲，才稟之於天，〈體性〉篇說：「才有天資」，可見劉勰認爲，在文學這方面，天賦的才分有平庸與傑出之別。才分因爲是天賦，故成爲創作上的客觀限制，在這個客觀限制上，要把創作的個性發揮到登峰造極，天才恐怕是一個不可抹煞的因素，故劉勰也強調所稟賦才分的高低。

〔註56〕同註14，全三國文卷八，頁11。
〔註57〕請參考王瑤，《中古文學史論》（臺北：長安出版社，1986年），三版，頁96
　　　　～97。

才分除了是天賦，似乎還摻雜後天因素，〈總術〉篇說：「才之能通，必資曉術」，又〈聲律〉篇說：「練才洞鑒」，〈體性〉篇也說：「因性以練才」，這些例子都說明了才分的高低，與後天的練習很有關係。這樣一來，我們就不能斷言劉勰所言之才分的高低庸俊只來自先天。或許，劉勰認為，天賦的才分只是潛能，必需要靠後天的練習才能充分地發揮出來。

關於「氣」的因素，劉勰說：「氣有剛柔」。人乃是稟氣而生，人既稟氣而生，則人人所稟之氣皆有差異，如〈詔策〉篇說：「氣含風雨之潤」，大概比較屬於柔的氣；又〈檄移〉篇說：「氣似欃槍所掃，奮其武怒」，大概就比較屬於剛的氣。文章表現殊異的風采，乃伏源於氣，〈麗辭〉篇說：「氣無奇類，文乏異采」。氣既有剛柔之別，以其所稟受剛柔之氣的不同，人的才性亦有異，而文即才性的表現，由此以言文章風格的塑造問題，則文章風格必殊。而這個觀點，早在魏時曹丕已提出。

關於「學」的因素，劉勰說：「學有淺深」。所謂「淺深」，是指學的工夫的程度問題。〈體性〉篇說：「學慎始習」，似乎「學」與「習」有所牽連重疊。關於「習」的因素，劉勰說：「習有雅鄭」，所謂「雅鄭」，是指學習對象的問題。劉勰「學慎始習」的意思是說，初習操觚的人，應該審慎選擇學習的對象來上手，可見仍是比較側重在「習」的因素上來說。

再其次，劉勰認為，才氣學習四者有的來自先天，有的來自後天，劉勰說：「並情性所鑠，陶染所凝」，情性與陶染相對來說，陶染是指後天方面的因素，而情性則側重先天方面的因素。根據筆者上面的討論，只有「氣」的因素，完全來自於先天。其他像「學」與「習」的因素，就完全屬於後天因素的造就。而如「才」的因素，恐怕與先天、後天的因素都有關。因為「氣」是稟之於天的因素，故它是造成作家文章風格差異的必然根據，但並非唯一的決定因素，其他的才、學、習等因素也是文章風格差異的決定因素。總的來說，才氣學習四者，是構成文學主體內在特質的主觀因素。

最後，劉勰認為，文章的表現與文學主體的內在特質之間，有必然的對應關係，劉勰說：「故辭理庸儁，莫能翻其才；風趣剛柔，寧或改其氣；事義淺深，未聞乖其學；體式雅鄭，鮮有反其習」，由「莫能」、「未聞」與「鮮有」諸詞，可以推知，它們之間的必然對應關係，故劉勰總結地說：「各師成心，其異如面」，造成文章其異如面的根由是文學主體所各具的「成心」。所謂「成心」，劉勰在這裏似乎沒有什麼評價的意味，而與一般所謂的主觀成見之心應

該有所區別，故這裏的「成心」，應指的是文學主體所各稟而自足的內在特質的總稱。郭象注《莊子·齊物論》說：「夫心之足以制一身之用者，謂之成心；人自師其成心，則人各自有師矣；人各自有師，謂之成心。」〔註58〕劉勰所謂「成心」的用法，殆與此相通，但是不夾雜任何評價意味。換句話說，劉勰所謂「成心」，主要著眼於文學主體內在特質的差異面來立論，由文學主體內在特質之個別差異面來論作者文章風格的塑造，則文章的風格必顯個殊性。總的來說，劉勰的「成心」，就是指文學主體各異的內在特質。成心不同，則文學主體所表現的文章風格也就不同，而這需要一個理論根據。而這個理論根據，就是前面說的「夫情動而言形，理發而文見，蓋沿隱以至顯，因內而符外者也」的理論準則。

除了才氣學習等主觀因素，劉勰在〈體性〉篇，還提出構成文學主體內在特質之客觀因素，他說：

> 若總其歸塗，則數窮八體：一曰典雅；二曰遠奧；三曰精約；四曰顯附；五曰繁縟；六曰壯麗；七曰新奇；八曰輕靡。典雅者，鎔式經誥，方軌儒門者也；遠奧者，馥采典文，經理玄宗者也；精約者，覈字省句，剖析毫釐者也；顯附者，辭直義暢，切理厭心者也；繁縟者，博喻釀采，煒燁枝派者也；壯麗者，高論宏裁，卓爍異采者也；新奇者，擯古競今，危側趣詭者也；輕靡者，浮文弱植，縹緲附俗者也；故雅與奇反，奧與顯殊，繁與約舛，壯與輕乖。文辭根葉，苑囿其中矣。

由「八體」的提出，可以推知，劉勰殆認為，作者如果想要塑造獨特的文章風格，除了主觀因素的意識與努力外，應該熟知文壇的各種風格類型，這樣才能真正幫助作者建立能夠獨樹一幟的文章風格，因為風格是否獨特，是在比較中顯的。另外，也配合主觀的因素，來共同經營文學主體的內在特質。

首先，劉勰提出傳統八種基本的文章風格類型。因為文壇林林總總的文章風格類型是無法窮盡的，故劉勰在這裏的八種風格，只是文章風格的基本類型。因為是基本，故能用來範圍複雜的風格類型。這八種基本的文章風格類型，劉勰稱之為「八體」。因此，這裏的「體」，指的是文章風格的基本類型。將「體」與「風格」概念相關起來理解，幾為學界之共識。郭紹虞先生《中國文學批評史》一書，引用了這段話以後，接著說：「這是區分風格之始」；

〔註58〕同註18，頁61。

〔註59〕又詹鍈先生在《文心雕龍的風格學》中把「八體」視爲是「八種基本風格類型」。〔註60〕之所以用「風格」概念來理解「八體」的「體」，可能的原因是：一方面它反映了現代人的理解，把劉勰「八體」所指的現象與現代人關心的課題相關起來，這是很自然的事；另一方面，劉勰「八體」的用語，如典雅、輕靡等的確很接近現代人描述風格類型的用語，因此，學界一般都用「風格」概念來解釋「八體」的「體」。筆者認爲，只要把劉勰在這裏所謂「體」的觀念說清楚，用「風格」一詞來解釋「八體」的「體」，應該不致於影響對原文的理解。

根據〈體性〉篇，劉勰把「八體」又分爲四組，我們整理以後，分組臚列於下：

> 典雅者，鎔式經誥，方軌儒門者也。
> 新奇者，擯古競今，危側趣詭者也。
> 遠奧者，馥采典文，經理玄宗者也。
> 顯附者，辭直義暢，切理厭心者也。
> 精約者，覈字省句，剖析毫釐者也。
> 繁縟者，博喻釀采，煒燁枝派者也。
> 壯麗者，高論宏裁，卓爍異采者也。
> 輕靡者，浮文弱植，縹緲附俗者也。

其次，由劉勰「文辭根葉，苑囿其中」的話，可以推知，這「八體」是歸納自傳統以來，文壇中各種文章風格的表現類型。其三，這「八體」的提出，帶有強烈的創作指導的用意，何以得知呢？

（一）個別來看，劉勰指出某種風格類型的創作特點。如「精約」一體，劉勰描述它的創作特點爲「覈字省句，剖析毫釐」；又如「繁縟」，劉勰描述它爲「博喻釀采，煒燁枝派」。劉勰也指出某種風格類型的學習門徑。如「典雅」一體，劉勰指出它的學習門徑爲「鎔式經誥，方軌儒門」；又如「遠奧」一體，劉勰指出它的學習門徑爲「馥采典文，經理玄宗」，其理論目的在作爲創作指導與辨識風格的基本標準，進而作爲作者掌握怎樣塑造文章風格的根據。

（二）總的來說，劉勰指出風格類型的雅鄭，目的在作爲初習操弧者的

〔註59〕同註38，頁123。
〔註60〕同註53，頁8。

學習參考。如劉勰將「壯麗」一體的「高論宏裁，卓爍異采」，與「輕靡」一
體之「浮文弱植，縹緲附俗」相對來看，就顯出這二體帶有評價的意味；「壯
麗」一體是「雅」，而「輕靡」一體是「鄭」。又劉勰將「典雅」一體的「鎔
式經誥，方軌儒門」，與「新奇」一體的「擯古競今，危側趣詭」相對來看，
就顯出這二體帶有評價的意味，「典雅」一體是「雅」，而「新奇」一體是「鄭」。
劉勰認為，學慎始習，〈體性〉篇說：「斫梓染絲，功在初化，器成采定，難
可翻移」。劉勰認為，習有雅鄭之別，〈體性〉篇說：「童子雕琢，必先雅制」，
在初習之時，應先習「雅」體，以打下良好的根基。而怎樣辨識「雅」體與
「鄭」體，劉勰在這裏就提供了辨識的標準。劉勰在這裏的雅鄭之判，創作
指導的意義較濃，作品評價的意義較淡。因為劉勰認為，作者如果想要成功
地塑造獨特的文章風格，這「八體」的運用都是不可偏廢，輻輳相成的，〈體
性〉篇說：「八體雖殊，會通合數，得其環中，則輻輳相成」。

（三）「八體」的提出與「八體」後面的說明，站在指導創作的立場，乃
為提供給創作者一檢視的依據，以利其取擇學習之方向。從上面兩點，也可
以看出，這「八體」與學習因素的直接關係。但是，學習是後天的因素，所
以這樣撰擇或這樣創作的原因，與創作者天生的才性因素，脫離不了關係，〈體
性〉篇說：「才性異區，文辭繁詭」，〈章句〉篇說：「謂繁與略，隨分所好」，
〈附會〉篇說：「才分不同，思緒各異」，皆是其例，說明文學主體會塑造怎
樣的文章風格，最根源的原因是來自於創作主體的「才性」因素。

「才性」的因素，乃側重在創作個性來說，〈才略〉篇：「性各異稟」，「性」
是指先天稟賦，是造成創作個性的必然根據。而創作個性不能沒有後天因素的
介入，〈體性〉篇的「贊」中說：「習亦凝真，功沿漸靡」，所謂「凝真」也就是
定性的意思，因為是經由後天而來，故說：「凝」而不說是「率」。如果說天生
所稟之性是第一自然，則由習所凝定的性應是第二自然，郭象亦有習以成性的
說法，其注《莊子・達生》篇上說：「習以成性，遂若自然」，〔註61〕這裏的「自
然」，也是指第二自然；又注《莊子・天運》說：「由外入者，假學以成性者也。
雖性可學成，然要當內有其質，若無主於中，則無以藏聖道也。」〔註62〕性何
以能學成呢？劉勰並沒有交代其理論基礎，郭象認為是因為有內在的潛能，所
以能學成；如果沒有這潛存的本能，亦是無法假學以成性的。因此，造成創作

〔註61〕同註18，頁642。
〔註62〕同註18，頁518。

個性差異的決定因素，說到最根源處，劉勰認為，乃是先天的才氣因素。〈體性〉篇說：

> 八體屢遷，功以學成，才力居中，肇自血氣。氣以實志，志以定言，吐納英華，莫非情性。是以賈生俊發，故文潔而體清；長卿傲誕，故理侈而辭溢；子雲沈寂，故志隱而味深；子政簡易，故趣昭而事博；孟堅雅懿，故裁密而思靡；平子淹通，故慮周而藻密；仲宣躁銳，故穎出而才果；公幹氣褊，故言壯而情駭；嗣宗俶儻，故響逸而調遠；叔夜儁俠，故興高而采烈；安仁輕敏，故鋒發而韻流；士衡矜重，故情繁而辭隱；觸類以推，表裏必符，豈非自然之恆資，才氣之大略哉！

首先，劉勰認為，造成文章風格差異的原因是文家特殊的內在情性，而內在情性的形成又可以推源於文學主體的才氣因素。據引文「八體屢遷」，劉勰認為，八種基本文章風格的會通是變化不定的。要會通成功，絕不能脫離後天學習的因素，因為文章創作決不是生來就自便的事。但是造成差異最根源的因素，乃是才氣，故劉勰說：「才力居中，肇自血氣，氣以實志，志以定言，吐納英華，莫非情性」，劉勰認為，文學主體會寫出什麼樣的東西來，與其內在的「情性」有關，而推到最本源處，則是「才力居中，肇自血氣」的「才氣」因素。

其次，劉勰在這裏舉了十二個例證，來說明特殊的內在情性與其文章個性之間的關連，我們以賈誼為例，劉勰說：「賈生俊發，故文潔而體清」，這裏的「俊發」是指文學家內在特殊情性，十二個文學家有十二種殊異的情性，故可見其特殊；而「文潔而體清」則指其文章風格的特性；由「故」字可知，劉勰認為文學家的殊異情性與其文章風格之間為一因果的關係，而且是一必然符應的關係。詹鍈先生《文心雕龍的風格學》引証了許多文學或歷史上的資料，想要找出「表」與「裏」之間的關連點，他最後所得的結論是：

> 從以上的例子來看，雖然有個別的解釋不盡恰當，但就多數的例子來看，劉勰的「觸類以推，表裏必符」的結論，還是可以成立的。
> 〔註63〕

詹氏的作法，是著意於找出個別例證之表與裏的類同關係，但是我們換個角度來看，劉勰所舉的十二個例證中，十二個人有十二種殊異的情性，故亦有十二種創作的文章風格的特點，由此可見，內在情性的殊異性，正是人人各

〔註63〕同註53，頁11～15。

具的。劉勰更由先天稟賦這點來作情性必然殊異的保證，故說「才氣之大略」，劉勰認爲才與氣皆來自於天賦，由此來說獨特創作風格的塑造，是最必然也最具普遍性的。若由後天的學習因素或情志內容來說，就很容易籍由外在手段，而使創作風格達到某種程度的類同，就不易顯出那種創作風格的獨特個性，因此，劉勰將文學主體獨特創作風格的塑造，推源於天賦的內在才氣。

最後，劉勰將內在情性之殊異風采，推源於才氣因素。故劉勰說：「觸類以推，表裏必符，豈非自然之恆資，才氣之大略哉」，所謂「表」，就上下文脈來看，是指「吐納英華，莫非情性」的「英華」，指的是文家具有個性的文章風格。所謂「裏」，對照上下文脈來看，是指「莫非情性」的「情性」，推到最根源處，則指的是「才氣」，故劉勰說：「才氣之大略」。劉勰認爲，文家具有個性的文章風格與其才氣因素具有必然符應的關係。這顯然是扣緊「沿隱以至顯，因內而符外」的理論準則來立論的。所謂「自然」，是針對表裏必符來說的，即必然的意思。而所謂「必然」，是就創作規律內在秩序的必然言。因爲〈體性〉篇之理論準則「夫情動而言形，理發而文見，蓋沿隱以至顯，因內而符外者」，就是展示爲一必然的創作規律。也可以說這個理論準則是扣緊〈原道〉篇「心生而言立，言立而文明」的總規律而來的。劉勰的用意，就在把這些創作規律或理論準則歸本於「自然」。

「表裏必符，豈非自然之恆資」，是理論上說的。在從事實際的創作活動時，卻是表裏往往未必相符的。可見，劉勰是把它視爲一具有理想義的應然創作規範，是創作主體應該達到的創作目標。而劉勰把此一應然規範又植基於文學創作的必然規律之上，這使得劉勰所主張的創作應然規範，具有客觀的意義，這充分反映了六朝的客觀精神。

劉勰在〈體性〉篇側重指出，基於「沿隱以至顯，因內而符外」，基於「表裏必符，豈非自然之恆資，才氣之大略」的理論準則，強調文學主體的內在特質對文章風格的決定性影響。對於文學主體之內在特質的塑造，劉勰在〈體性〉篇指出了「才氣學習」之「主觀因素」，與「八體」之「客觀因素」。客觀因素配合主觀因素，來共同塑造文學主體的內在特質。由〈體性〉篇「宜摹體以定習，因性以練才」，所謂「體」即指「雅制」，意即在學習創作之初，應該審愼選擇雅正之體作爲效法的典範，才不致流於俗濫，我們可以引而申之來說，劉勰爲何特別重視習的問題呢？據劉勰所說，因爲初習創作之事，就像「斲梓染絲」，一旦雕折成器、染成固定顏色以後，就很難再把它改變，

故他說：「功在初化，器成綵定，難可翻移」；學習創作的事也是這樣，如果初習的不是高格雅正之體，一旦定型，則任憑天賦再高，恐怕也很難創作出第一流的作品。由此可以看出，客觀因素的「八體」是「功以學成」的，脫離不了主觀的後天因素。而文學主體特殊內在特質的養成，必以主觀的先天因素爲基礎，故劉勰在〈體性〉篇一再強調文學主體的才氣因素。

在作者文章風格的塑造過程中，文學主體的內在特質，扣緊劉勰總創作規律來說，只是「心生」。而劉勰所謂主觀因素與客觀因素，只是構成文學主體內在特質的條件。而要將這內在特質發用出來而成功地塑造獨特的文章風格，就必須有一塑造的過程，而這一塑造過程，扣合劉勰總創作規律來說，就是「言立」，必然要涉及語言文字等表現或表達媒介的運用。最後才能創作出或塑造出「表裏必符」的文章風格，扣緊劉勰總創作規律來說，就是「文明」。對於文章風格的塑造過程，劉勰設立〈定勢〉一篇來專門探討它。

二、

用「勢」來討論作者文章風格的塑造問題，殆始於劉勰。「勢」一概念，先秦已有提及，〔註64〕在藝術理論的領域中，書法繪畫運用的都要比文學早，而六朝將「勢」視爲重要術語把它納入文論體系中的首推劉勰。〔註65〕《文心雕龍》一書中，「勢」一詞大概出現有四十一次之多，劉勰並設立專篇〈定勢〉來探討「勢」的問題，在〈定勢〉篇中劉勰非常強調「自然之勢」，因此要探討六朝文學之「勢」的自然觀念，就非透過劉勰的〈定勢〉篇不可，故下面的討論即以此篇爲主要的文獻根據。

〈定勢〉篇說：

> 夫情致異區，文變殊術，莫不因情立體，即體成勢也。勢者，乘利而爲制也，如機發矢直，澗曲湍回，自然之趣也。圓者規體，其勢也自轉；方者矩形，其勢也自安；文章體勢，如斯而已。是以模經爲式者，自入典雅之懿；效騷命篇者，必歸豔逸之華；綜意淺切者，類乏醞藉；斷辭辨約者，率乖繁縟；譬激水不漪，槁木無陰，自然之勢也。

〔註64〕例如《韓非子‧難勢》篇說：「夫勢者，名一而變無數者也，勢必於自然則無爲言於勢矣，吾所爲言勢者，言人之所設也。」又如《孟子‧公孫丑》有「不如乘勢」之說，皆是其例。

〔註65〕請參考涂光社，《勢與中國藝術》（北京：中國人民大學出版社，1990年），第一版，頁155。

首先，劉勰在〈定勢〉篇一開頭便指出文章如何定勢的理論準則，爲「情致異區，文變殊術，莫不因情立體，即體成勢也」。而這個定勢的理論準則如何確立呢？因爲它顯然扣緊〈原道〉篇「心生而言立，言立而文明，自然之道也」的創作總規律來論。「因情」是「心生」，「成勢」是「文明」，而中間過程的「立體」，就是言立，這樣一來，就把這一定勢的理論準則，歸本於「自然」。

其次，定「勢」是否成功，基於定勢的理論準則，其近因是「體」，而其遠因是「情」。而這近因與遠因，總的來說，就是情術的問題。就其近因來說，劉勰說：「文變殊術」，文章的創作可以有各種不同的表現手段或表現策略。劉勰說：「即體成勢」，不同的表現手段或表現策略，必然會造成不同的表現結果或表現效果。劉勰用「自然」的觀念，來說明文章風格塑造的這種體勢關係。

據引文，「機發矢直，澗曲湍回，自然之趣也」一句，這裏的「自然」，就是「機發矢直，澗曲湍回」來說的。「機發矢直，澗曲湍回」，乃是指事物存在的客觀規律。所謂「自然」，就是必然的意思，是就客觀規律之內在秩序的「必然」言。劉勰認爲，文章體勢的關係，就像「機發矢直，澗曲湍回」一樣，也是「必然」的。故劉勰接著就回到文學本身來，說：「以模經爲式者，自入典雅之懿；效騷命篇者，必歸豔逸之華；綜意淺切者，類乏醞藉；斷辭辨約者，率乖繁縟；譬激水不漪，槁木無陰，自然之勢也」，所謂「模經爲式者」，就是指文章風格的表現手段或表現策略。所謂「自入典雅之懿」，即由「模經爲式者」之表現策略連帶而來的表現效果，餘此類推。由「自入」、「必歸」、「類乏」與「率乖」等詞，可以推知，劉勰認爲，文章風格的表現手段或表現策略與其連帶而來的表現效果之間，爲一必然的關係。劉勰就用「自然」一詞，來解釋此一必然的關係，故說：「自然之勢」。

最後，就其遠因來說，劉勰說：「情致異區」，文章風格的表現手段或表現策略，必然脫離不了主體的因素。劉勰說：「因情立體，即體成勢」，文學主體的「情致」不同，連帶而來的表現手段或表現策略也必然不同。導致表現效果或表現結果也會有差異，故是遠因。〈定勢〉篇說：「情交而雅俗異勢」，又說：「奇正雖反，必兼解以俱通；剛柔雖殊，必隨時而適用。若愛典而惡華，則兼通之理偏」。所謂「奇正」，是指「八體」的奇正，劉勰認爲，對「八體」的學習是不可偏廢的，必須加以會通，這是所習的方面。所謂「剛柔雖殊，必隨時而適用」，劉勰認爲，文學主體的才性特質，應該配合時代性來採取相

應的表現策略，這是所務的方面。所謂「若愛典而惡華，則兼通之理偏」，劉
勰認爲，文學主體會因爲個人好惡，而對「八體」的學習有所偏廢，這樣一
來，必然會影響文學主體的表現策略，這是所好的方面。故總的來說，文學
主體所好不同，所習不同，所務便各異，這樣一來，所經營出來的文章風格
就必然各有其風貌。〈定勢〉篇說：「陳思亦云：『世之作者，或好煩文博采，
深沈其旨者；或好離言辨白，分毫析釐者，所習不同，所務各異』，言勢殊也」，
這裏的「所好」、「所習」、「所務」的不同與差異，都可視爲是造成文章風格
所以差異的「主體因素」。

　　劉勰除了提出「主體的因素」，還提出了塑造文章風格的「客體因素」。〈定
勢〉篇有言：

> 括囊雜體，功在銓別，宮商朱紫，隨勢各配。章表奏議，則準的乎
> 典雅；賦頌歌詞，則羽儀乎清麗；符檄書移，則楷式於明斷；史論
> 序注，則師範於覈要；箴銘碑誄，則體制於弘深；連珠七辭，則從
> 事於巧豔；此循體而成勢，隨變而立功者也。雖復契會相參，節文
> 互雜，譬五色之錦，各以本采爲地矣。

首先，劉勰認爲，創作者在從事實際的創作活動時，應該對所運用的文體的
體裁風格有所掌握。劉勰說：「括囊雜體，功在銓別」，所謂「體」，就是指某
些文體共同的體裁風格。劉勰指出銓別文體共同的體裁風格的標準，他說：「章
表奏議，則準的乎典雅。連珠七辭，則從事於巧豔」，劉勰在這裏，將數種文
體合併，要求一種共同的體裁風格，而這種作法與曹丕相似。〔註66〕

　　其次，劉勰爲什麼要特別指出所使用文體的體裁風格呢？筆者這裏所謂
的「文體」是指「章表奏議」或「賦頌歌詩」等；而根據劉勰的文體論，所
有的文體必然伴隨某些客觀的寫作要求，包括內容、修辭、題材、風格各方
面，但這些寫作要求最後都會反映於其標準風格或主導風格之上，就像劉勰
在這裏所說的「典雅」或「清麗」等。這也是劉勰所以採取「風格概念」，來
描述「八體」的原因，因爲對文學作品任何一方面的要求，最後都會反映到
風格上去。〔註67〕〈定勢〉篇說：「若雅鄭而共篇，則總一之勢離」，爲了不

〔註66〕魏曹丕《典論・論文》說：「夫文本同而末異，蓋奏議宜雅，書論宜理，銘誄
　　　　尚實，詩賦欲麗，此四科不同，故能之者偏也，唯通才能備其體」，同註14，
　　　　全三國文卷八，頁10。
〔註67〕請參考岑溢成，〈劉勰的文學史觀〉，《文心雕龍綜論》（臺北：臺灣學生書局，
　　　　1988年），初版，頁202。

使文章風格雅鄭共篇。文學主體選擇相應於主體「情性」〔註68〕表達情調的體裁風格，是非常重要的。這殆爲劉勰所以特別指出所使用文體的體裁風格的用意。

其三，劉勰認爲，選擇相應於主體「情性」表達情調的體裁風格以後，就選擇相應於這種體裁風格的表現策略，來創作相應的表現效果。劉勰說：「宮商朱紫，隨勢各配」，又說：「循體而成勢，隨變而立功者也。雖復契會相參，節文互雜，譬五色之錦，各以本采爲地矣」，「循體而成勢」的「體」，與前面「括囊雜體」的「體」意義正同，指的是文體的體裁風格。所謂「循體而成勢」，劉勰認爲，如果文學主體想要成就這種文體的體裁風格，就必須採取與此種體裁風格相應的表現策略，才能表現這種體裁風格的特色，就像〈定勢〉篇所說：「以模經爲式者，自入典雅之懿」，這是必然的道理。劉勰說：「隨變而立功」，創作的事，並非一成不變的。創作的變數有很多，概括來說，「人」是變數，不同的文學主體有不同的情性特點；「時」是變數，文學有時代性，文學主體要能通變趨時，「地」是變數，也就是環境的因素。因此，文學主體必須在體裁風格的主導下，面對各種變數來創作文學作品，拚發出個人的創造力。

最後，劉勰認爲，所選擇的文體之體裁風格，乃是成就文章風格的基礎。它的存在，並不會限制了文章風格多樣性的發展。筆者以〈奏啓〉篇爲例，來說明這個問題：

> 奏之爲筆，固以明允篤誠爲本，辨析疏通爲首。強志足以成務，博見足以窮理，酌古御今，治繁總要，此其體也。……若夫傅咸勁直，而按辭堅深；劉隗切正，而劾文闊略；各其志也。後之彈事，迭相斟酌，惟新日用，而舊準弗差。

「奏」這種文體，據〈定勢〉篇所言，其標準體裁風格爲「典雅」，與奏體寫作要求的風格特點，若合符契。文學家因主體情性的不同，如「傅咸勁直」、「劉隗切正」等，其所表現的文章風格亦各不相同，傅咸文章的風格特點爲

〔註68〕劉勰在〈體性〉篇說：「方力居中，肇自血氣，氣以實志，志以定言，吐納英華，莫非情性」，劉勰認爲，文學主體會寫出什麼樣的東西來，與其內在的「情性」有關，而這裏的「情性」一詞，實包含了天賦的才氣因素，與後天習染的內在情志等因素，不過基本上，仍側重由先天因素爲本源而形成的內在特質。因爲〈體性〉篇說：「並情性所鑠，陶染所凝」，這裏「情性」與「陶染」相對，陶染側重指後天因素，則情性因素就側重指先天因素，故「吐納英華，莫非情性」的「情性」也應是側重指先天因素。

「按辭堅深」，而劉陁的風格特點則爲「劾文闊略」，由此可見，作家所塑造出來的文章風格，可以既體現出個別文學家的文章風格特色，又不違背文體的體裁風格，故〈定勢〉篇說：「各以本采爲地」，所謂「本采」在這裏應指的是文體的體裁風格。由此可見，劉勰在〈定勢〉篇中提出文體的標準風格，實有指導與規範文學家的創作的用意。

　　總結劉勰在〈定勢〉篇所論，劉勰認爲，作者文章風格的塑造過程，有其主體的因素，即文學主體的所好、所習與所務等因素，造成文章風格的所以差異。亦有其客體方面的因素，即文體的裁體風格。而這些體裁風格的提出，乃是劉勰從文心一書中的文體論部分提揀出來。而劉勰文體論的文體體要的提出，大都植基於中國歷史傳統之上，故甚具傳統與歷史的意義。文學本是歷史與傳統之物，不能從既有的文學傳統中，汲取創作的泉源，是很難塑造出什麼獨特而成功的文章風格。因此，客觀文體之體裁風格的掌握，對作者文章風格的塑造，是相當重要的。

　　根據上面的論述，作者文章風格的塑造過程，關於主體因素方面，文學主體的所好，可能有專愛典或專愛華的現象；文學主體的所習，也因此可能有專習奇體或專習正體之別；文學主體的所務，因此也可能專採奇的表現策略或正的表現策略。這樣一來，就會造成作者文章風格的塑造有某種偏差的狀況產生。〈定勢〉篇說：

> 自近代辭人，率好詭巧，原其爲體，訛勢所變。厭黷舊式，故穿鑿取新，察其訛意，似難而實無他術也，反正而已。故文反正爲乏，辭反正爲奇。效奇之法，必顛倒文句，上字而抑下，中辭而出外，回互不常，則新色耳。

劉勰認爲，「率好詭巧」、「厭黷舊式」，當時文壇文家有好詭厭舊的流行風氣。故文家所習所務爲「穿鑿取新」，爲「文反正爲乏，辭反正爲奇。效奇之法，必顛倒文句，上字而抑下，中辭而出外，回互不常，則新色耳」，由此而造成「訛勢」流行。劉勰針對文壇這種偏差的狀況，提出「執正馭奇」的創作原則。〈定勢〉篇說：

> 密會者，以意新得巧；苟異者，以失體成怪。舊練之才，則執正以馭奇，新學之銳，則逐奇而失正，勢流不反，則文體遂弊。秉茲情術，可無思耶？

這些都是側重在主體方面的因素來立論。在客體方面的因素，文章的風格可

能會有雅鄭共篇的情況產生。劉勰提出文體的體裁風格，來作爲掌握某種文體風格的標準，有此主導風格作爲創作的基礎，文章風格的塑造亦可以「執正馭奇」，蓋防文濫。

第四節　文學通變的自然觀

在中國古代文論中，通變之說始於六朝。它在文藝思想中屢屢被強調，如〔梁〕蕭子顯《南齊書·文學傳論》認爲文章「若無新變，不能代雄」，〔註69〕道出了文章新變的重要性；又〔北齊〕顏之推《顏氏家訓·書證》篇說：「所見漸廣，更知通變」，〔註70〕文章怎樣才能新變呢？顏氏之語強調出通變的重要；〔晉〕陸機《文賦》說：「收百世之闕文，採千載之遺韻；謝朝華於已披，啓夕秀於未振」，〔註71〕黃侃先生《文心雕龍札記》引這段話說：「此言通變也」；〔註72〕劉勰更專篇探討通變的問題，他在〈通變〉篇說：「變則堪久，通則不乏」。由上面例子可知，通變思想在六朝文藝思想中的重要地位。在六朝文論家中，以劉勰對通變思想的探討最爲詳密，他除了設立〈通變〉的專篇外，在其他篇章中也每每提及，如〈議封〉篇說：「採故實於前代，觀通變於當今」；〈物色〉篇中說：「古來辭人，異代接武，莫不參伍以相變，因革以爲功」此言通變的思想；又〈知音〉篇標立鑒賞論「六觀」，其中有「三觀通變」之說，可見劉勰對通變思想之重視。通變之思想可遠溯於《周易》，〈繫辭上〉說：「參伍以變，錯綜其數；通其變，遂成天地之文」；又說：「極數知來之謂占，通變之謂事」〔註73〕都強調了通變思想的重要性。而近參魏晉諸思想家，如郭象《莊子·在宥》篇說：「得通變之道以應無窮，一也」；〔註74〕又韓康伯注《周易·繫辭下》「易窮則變，變則通，通則久」一句說：「通變則無窮，故可久也」〔註75〕

文學創作爲什麼要「通變」呢？劉勰〈通變〉篇的「贊」中說：

文律運周，日新其業。變則堪久，通則不乏。

〔註69〕同註11，頁908。
〔註70〕同註33，頁463。
〔註71〕同註2，頁25。
〔註72〕同註49，頁104。
〔註73〕樓宇烈，《老子周易王弼注校釋》（臺北：華正書局，1983年），初版，頁550、543。
〔註74〕同註18，頁384。
〔註75〕同註73，頁559。

首先，劉勰認為，因為文學發展的規律，是一運行周徧，與時日新的規律，劉勰說：「文律運周，日新其業」。故文學創作應該講求通變，劉勰說：「變則堪久，通則不乏」。其次，何謂「文律運周，日新其業」呢？所謂「文律」，是指文學的發展規律。所謂「運周」，即指此一規律的運行周徧，具普遍性。所謂「日新其業」，即指此一規律的永恆性。其三，綜合文學發展規律的這兩種特性：普遍性與永恆性，就可以推知，劉勰其實是把此一文學發展的規律，歸本於「道」的必然規律。因為〈原道〉篇的「道」也是周徧流行，永不匱乏的特性。〈原道〉篇的「贊」說：「旁通而無滯，日用而不匱」，其中「旁通而無滯」一句，其實是化用《周易・繫辭上》「旁行而不流」的話而來，韓康伯注釋這句話說：「應變旁通而不流淫也」。〔註76〕「日用」則日新，「不匱」則指永不匱乏；可見，劉勰認為，「道」有周徧流行的特質，又有日新又新、永不匱乏的特質。最後，劉勰既把「文學發展與時日新」視為一歸本於「道」的必然規律，則此一規律亦必歸本於「自然」，因為「道」所含的宇宙規律義，在〈原道〉篇是透過「自然」概念來賦予「道」的，故此文學發展的規律乃是合於文學之本性，而歸本於「自然」，故劉勰在這裏顯然預設了或隱含了「自然」觀念。而其所隱含或所預設的「自然」觀念，指的是文學發展與時日新的必然規律。

基於文學發展與時日新的必然規律，劉勰認為，文學創作應該講究「通變」。那麼，文學創作應該要怎樣通變，才算自然呢？順此文學發展與時日新的必然規律，劉勰認為，要能「通變趨時」。〈通變〉篇說：

> 夫設文之體有常，變文之數無方，何以明其然耶？凡詩賦書記，名理相因，此有常之體也；文辭氣力，通變則久，此無方之數也。名理有常，體必資於故實；通變無方，數必酌於新聲。故能騁無窮之路，飲不竭之源。然綆短者銜渴，足疲者輟塗，非文理之數盡，乃通變之術疏耳。故論文之方，譬諸草木，根幹麗土而同性，臭味晞陽而異品矣。

首先，劉勰分出那些是變的方面，那些是不變的方面。關於不變的方面，劉勰說：「設文之體有常」，何以有常呢？劉勰說：「凡詩賦書記，名理相因，此有常之體也」，因為名理相因。有其「名」必有其「理」，劉勰認為，名與理是相因的，相對於詩賦書記等文體的「名」，它們的「理」又是什麼呢，岑溢

〔註76〕同註73，頁540。

成先生在〈劉勰的文學史觀〉一文，引這段文字說：

> 有常的設文之體就是不變的方面。但這所謂「設文之體」指的是甚麼呢？……那麼「體」就是指對「風格、題材、文藻、辭氣的要求」。證諸〈明詩〉、〈詮賦〉、〈書記〉各篇，……這些正是詩、賦、書、記等文章體類對文章風格、題材、文藻、辭氣的要求。用詹鍈先生《文心雕龍的風格學》的話來說，這其實「就是該體的標準風格」（頁128）。至此，我們可以確定，劉勰認爲文學體類的風格是有常的「理」。〔註77〕

名理既有常，劉勰認爲，文家應該植基於傳統，從傳統中汲取創作的養料，劉勰說：「名理有常，體必資於故實」。這個問題，可與本章第三節「文章風格的自然觀」互相關聯，可見文學上的問題，彼此之間都有關聯。

關於變的方面，劉勰說：「變文之數無方」，這顯然是關於文術或文學表現策略的問題。爲什麼沒有固定不變的方法呢？劉勰說：「文辭氣力，通變則久，此無方之數也」，一方面因爲文章創作必須通變趨時，一方面又因文辭氣力之變，變數太多。除了上面的趨時因素，所處的世代環境也是因素之一，劉勰特設〈時序〉篇來專門探討這個問題。還有作家特殊的才性，也是重要的因素，故岑溢成先生在〈劉勰的文學史觀〉一文又說：

> 不同的作家可以根據個人的才情和文章風格來實現這個「理」，這些實現大可以人人不同，這就是「通變無方」。〔註78〕

其次，劉勰認爲，文辭氣力是文章創作要變的方面，然而要怎麼變呢？劉勰說：「通變無方，數必酌於新聲」，劉勰認爲，文家必須參酌當時人創作的新方法，而使文章表現能相應於當時的社會情調，這殆爲劉勰主張通變趨時的目的。

最後，基於上面的論述，劉勰認爲，「數必酌於新聲」爲通變的必要條件。除了這個條件，劉勰認爲，通變還必須植基於傳統。劉勰說：「然綆短者銜渴，足疲者輟塗，非文理之數盡，乃通變之術疏耳」，劉勰認爲，文理之數，日新其業，是不會有盡的。而是因爲「通變之術疏」。通變之術所以疏，乃在「綆短」故「銜渴」，乃在「足疲」故「輟塗」。劉勰認爲，造成「綆短」、「足疲」的原因，乃在於不能好好的利用「傳統」。因此，劉勰用了一個比喻，來說明

〔註77〕同註67，頁200～201。
〔註78〕同註77。

傳統與新聲的關係，他說：「故論文之方，譬諸草木，根幹麗土而同性，臭味
晞陽而異品矣」，所謂「根幹麗土」，就是植基於傳統。而「臭味晞陽」，是指
接受時代新聲的陶染。可見，劉勰認爲，文學通變的兩個條件是：植基於傳
統，與陶染於新聲。

由「譬諸草木」可知，這只是劉勰的一個譬喻，劉勰在這裏用它來預告
下面的內容。〈通變〉篇接著說：

> 楚之騷文，矩式周人，漢之賦頌，影寫楚世；魏之策制，顧慕漢風；
> 晉之辭章，瞻望魏采；撨而論之，則黃、唐淳而質；虞、夏質而辨；
> 商、周麗而雅；楚、漢移而豔；魏、晉淺而綺；宋初訛而新；從質
> 及訛，彌近彌澹，何則？競今疎古，風末氣衰也。

劉勰反省自黃帝、唐堯以來的文壇風氣，得到一個結論就是「從質及訛，彌
近彌澹」，爲什麼會造成這種現象呢？〔晉〕葛洪《抱朴子・鈞世》篇認爲是
「理自然」，他說：

> 古者事事醇素，今則莫不雕飾，時移世改，理自然也。〔註79〕

爲什麼文壇風氣會愈來愈雕飾呢？葛洪在這裏認爲，這是時移世改的必然之
理，這裏的「必然」，是實然的必然，非應然的必然。這個實然的必然規律，
乃基於對文學發展的現實狀況的認知，而這一文學發展的現實狀況，可能是
有一些時代人爲因素的影響所使然，葛洪並沒有說明，是由那些人爲因素的
影響，只是籠統的說明與時代的某些因素有關，故說是「實然的必然」。因此，
在這裏所謂「自然」，指的是時移世改的實然之理，而字面上的意思，是「必
然」的意思。〔晉〕摯虞〈文章流別論〉說：

> 古之銘至約，今之銘至煩，亦有由也，質文時異，則既論之矣。
> 〔註80〕

摯虞對於「銘」的寫作，從「至約」到「至煩」，認爲是「質文時異」，同葛
洪一樣，也是籠統地歸於時代的因素。〔梁〕蕭統《文選・序》也說：〔註81〕

> 《易》曰：「觀乎天文，以察時變；觀乎人文，以化成天下」，文之
> 時義，遠矣哉！若夫椎輪爲大輅之始，大輅寧有椎輪之質？增冰爲

〔註79〕請參見〔晉〕葛洪，《抱朴子》（臺北：臺灣中華書局，1966年，四部備要中
　　　　華書局據平津館本校刊），外篇卷三〇，頁2上。
〔註80〕同註14，全晉文卷七七，頁9。
〔註81〕請參見蕭統，《李善注昭明文選》（臺北：河洛圖書出版社，1980年），初版，
　　　　上冊，頁1。

> 積水所成，積水曾微增冰之凜，何哉？蓋踵其事而增華，變其本而
> 加厲；物既有之，文亦宜然；隨時變改，難可詳悉。

蕭統的看法，是將文壇的現象類比於自然界的現象，而把它歸本於是某個宇
宙共同規律或原理使然，這種思想似乎是中國人一個非常普遍的思考模式。

劉勰的看法，顯然不同於葛洪、摯虞與蕭統。他指出文壇風氣由質到訛，
彌近彌澹的原因是，文家競今疏古，而導致風味氣衰。解決之道，劉勰認為，
當然就是強調文學創作植基於傳統的重要性，〈通變〉篇說：

> 今才穎之士，刻意學文，多略漢篇，師範宋集，雖古今備閱，然近
> 附而遠疏矣。夫青生于藍，絳生于蒨，雖踰本色，不能復化，桓君
> 山云：「予見新進麗文，美而無采，及見劉揚言辭，常輒有得」此其
> 驗也。故練青濯絳，必歸藍蒨，矯訛翻淺，還宗經誥，斯斟酌乎質
> 文之間，而櫽括乎雅俗之際，可與言通變矣！

所謂「近附而遠疏」，劉勰乃是齊梁之間的人，當時許多有才華的文家，多以
宋作為學習的範本。而宋相對於漢來說，自是「近附而遠疏」。〈體性〉篇說：
「童子雕琢，必先雅制」，劉勰認為，刻意學文的人，在學習之初，一定要先
選擇雅正之體來作為學習的對象，打下雅正的基礎，創作文章才能執正馭奇。
站在劉勰一貫的宗經立場，這所謂雅正之體，當然指的是聖人的經典，劉勰
說：「矯訛翻淺，還宗經誥」，劉勰認為，聖人的經典是文家學文的最好典範。
〈徵聖〉篇說：「繁略殊形，隱顯異術。抑引隨時，變通適會。徵之周孔，則
文有師矣」，因為對漢來說，楚只是近古，而周才是遠古。因此，劉勰在〈原
道〉、〈徵聖〉與〈宗經〉諸篇中，確立周孔經典為文章的本源，因為周孔的
經典乃是體「道」之文。

劉勰說：「斯斟酌乎質文之間，而櫽括乎雅俗之際，可與言通變」，劉勰
認為，站在傳統經典的基礎之上，來「斟酌乎質文之間，而櫽括乎雅俗之際」，
這樣才能執正馭奇。可見，劉勰認為，文與質，雅與俗，都不可偏廢，〈定勢〉
篇說：「若愛典而惡華，則兼通之理偏」，〈通變〉篇也說：「若乃齪齪于偏解，
矜激乎一致，此庭間之回驟，豈萬里之逸步哉」，都強調文章的通變，必須兼
通雅俗與文質。文家如何「斟酌乎質文之間，而櫽括乎雅俗之際」呢？劉勰
認為，憑藉個人特殊的才情來兼通文質與雅俗，〈通變〉篇說：

> 憑情以會通，負氣以適變，采如宛虹之奮鬐，光若長離之振翼，乃
> 穎脫之文矣。

劉勰認為，這樣才能創作出色的文學作品。根據上面的論述，文學通變應當植基於傳統，而陶染於新聲。劉勰認為，文家植基於傳統，應該以聖人的經典為初習的典範，站在這個基礎上，再來兼通雅俗與文質，這樣才能執正馭奇，而不致有流弊產生。故劉勰在〈通變〉篇的「贊」中，強調「參古定法」的變通之術。劉勰也認為，文家應該接受新聲的陶染，因為通變之義，正在趨時，〈通變〉篇的「贊」中說：「趨時必果，乘機無怯」，劉勰由此而提出「望今制奇」的通變之術。這種通變趨時的思想，在魏晉思想界也頗為流行，韓康伯注《周易‧繫辭下》「唯變所適」一句說：「變動貴於適時，趣舍存乎會也」；〔註82〕郭象注《莊子‧天地》篇說：「善治道者，不以故自持也，將順日新之化而已」，〔註83〕皆道出了通變貴於適時的思想。

　　十九世紀初的德國歌德曾說：

> 各門藝術都有一種源流關係。每逢看到一位大師，你總可以看出他吸取了前人的精華，就是這種精華培育出他的偉大。像拉斐爾那種人並不是從土裏冒出來的，而是植根於古代藝術，吸取了其中的精華的。假如他們沒有利用當時所提供的便利，我們對於他們就沒有多少可談的了。〔註84〕

歌德以其自身的寫作經驗，提出文學創作與傳統之間的聯繫，正好可以印證劉勰「參古定法」的通變思想。

〔註82〕同註73，頁569。
〔註83〕同註18，頁429。
〔註84〕請參考朱光潛譯，《歌德對話集》（板橋：駱駝出版社，1991年），頁105。

第五章　六朝文論中批評的自然觀

　　六朝人崇尚自然思想，他們把「自然」視爲評價詩歌的根本理念，〔唐朝〕
李延壽《南史・顏延之列傳》說：

　　　延之嘗問鮑照，己與靈運優劣，照曰：「謝五言如初發芙蓉，自然可

　　　愛。君詩若鋪錦列繡，亦雕繢滿眼。」〔註1〕

顏延之與鮑照同時，都是南朝宋時之人。鮑照認爲謝靈運五言詩寫得「自然
可愛」，宛如「初發芙蓉」。這裏的「自然可愛」是指眞實可愛的意思；而顏
延之的詩鋪錦列繡、雕繢滿眼，較顯人爲造作之力，故不如謝詩的眞實可愛。
還有一則，也是關於顏謝二人詩歌的評價問題，只不過評論者換成湯惠休，〔梁
朝〕鍾嶸《詩品・中品》之「宋光祿大夫顏延之」條下說：

　　　湯惠休曰：「謝詩如芙蓉出水，顏如錯采鏤金。」顏終身病之。〔註2〕

所謂「芙蓉出水」，意即詩歌寫得宛如眞實景物之在目前的意思，就是鮑照說
謝詩「自然可愛」的意思。湯氏雖未直接標出「自然」一詞，但與前面的例
子對照，顯然已預設了自然觀念。因爲這裏的「芙蓉出水」與鮑照說的「初
發芙蓉」等語，都可視爲評價詩歌爲「自然」的象徵語。湯惠休評顏詩爲「錯
采鏤金」，可見湯氏認爲，顏延之的作品較顯人爲雕琢之跡。而顏延之的反應
爲「終身病之」，可見這樣的說法，帶有評價高下的意味。湯惠休是南朝宋時
人，他的說法與鮑照大致不差，可見這種評價，殆爲當時的定論。由此也可
看出，「自然」爲當時人評價詩歌的根本理念。

<hr>

〔註1〕請參見〔唐〕李延壽，《南史》（臺北：鼎文書局，1976年），卷三四，頁801。
〔註2〕請參見王叔岷，《鍾嶸詩回箋證稿》（臺北：中研院中國文哲研究所，1992年），
　　　初版，頁267。

又〔梁〕簡文帝蕭綱《與湘東王書》說：

> 謝客吐言天拔，出於自然，時有不拘，是其糟粕。〔註3〕

以「天」言之，在明其詩歌之「自然」。〔註4〕蕭綱評價謝詩「吐言天拔」，因謝詩宛如天然景物之在目前，而不顯人爲雕琢之痕，故後文接著便說：「出於自然」。鮑照、湯惠休、簡文帝三人皆從批評的角度來著眼，對謝詩之評價如出一轍，皆歸自然，〔註5〕由這些例子，我們可以看出六朝人對自然思想的崇尚，「自然」爲當時人評詩的根本理念。我們結合本論文第三章第四章的討論來看，自然觀念在六朝文藝思想上，可以說貫串了本體論、創作論與批評論，而這一章主要是探討文學批評論的部分。

文學批評包括理論與實踐兩個部分，上面三個例子，都比較側重在批評的實踐上來論。對於六朝批評之自然觀的理論建構，則以〔梁〕劉勰與鍾嶸兩人爲代表。劉勰《文心雕龍‧知音》篇是探討文學批評的專篇，此是學界的共識，而他的批評論與其創作理論是一貫的。而鍾嶸的批評理論，乃專就五言詩來論。鍾嶸在《詩品‧序》中建立了評價詩歌的標準，而在「三品」中，實際運用這些詩歌標準。「自然」作爲鍾嶸批評詩歌的根本理念。乃從其所論的創作理念或規範中引申而來。因此，討論六朝文論中批評的自然觀念，我們將以劉勰、鍾嶸爲代表，探討二人關於文學批評理論中的自然觀念。分別題爲「劉勰批評的自然觀」與「鍾嶸批評的自然觀」，首先，討論劉勰批評的自然觀念。

第一節　劉勰批評的自然觀

討論劉勰批評論的主要根據是〈知音〉篇，對它的研究，前輩學者成果斐然。但以自然觀點的角度，來闡發其批評論者，似乎極爲罕見，可能是因爲〈知音〉篇並未明文標出「自然」一詞，若不從它整個文論體系來考察，就很難發現其所蘊含的自然觀念。劉勰的批評理論與他的創作理論，在其理論體系中是前後一貫的，我們可以從〈知音〉篇：「綴文者情動而辭發，觀文

〔註3〕 請參見〔清〕嚴可均校輯，《全上古三代秦漢三國六朝文》（北京：中華書局，1958 年），初版，全梁文卷一一，頁3。

〔註4〕 郭象注《莊子‧齊物論》說：「以天言之，所以明其自然也」。請參見清郭慶藩編，《莊子集釋》（臺北：木鐸出版社，1988 年），再版，頁50。

〔註5〕 同註2，頁271。

者披文以入情，沿波討源，雖幽必顯，世遠莫見其面，觀文輒見其心」的話看出。蔡英俊先生〈「知音」探源〉一文引用了這句話，然後說：

> 在抒情的文化傳統的規約下，「情」是一切作品的創作動因，也是作品必然呈顯的內容。然而，創作者是透過客觀的文理組織來表達他個人所體驗到的情感與料，而讀者或批評家則是經由客觀的文理組織重新理解創作者的內在世界——這個論點可以說是劉勰《文心雕龍》一書的基本主張，不但是他文學創作論的要義，同時也是批評論的依據。就前者說，〈情采〉篇說得很清楚：「情者，文之經；辭者，理之緯，經正而後緯成，理定而後辭暢，此立文之本源也」。就後者言，〈知音〉篇是扣緊「剖情析采」的創作論而提出的批評方法。〔註6〕

首先，蔡氏將「綴文者情動而辭發」的創作規律，與「觀文者披文以入情」的鑒賞規律，分別扣合到劉勰創作理論的〈情采〉篇來看，這樣一來，就把劉勰的創作論與批評論關聯起來，說明了劉勰理論體系的嚴密性。然而，〈情采〉篇所說的「立文之本源」，推其理論之源，又是扣緊〈原道〉篇「心生而言立，言立而文明，自然之道也」之言而來。由此可見，劉勰的本體論、創作論與批評論本是貫串成一個整體的。因為劉勰理論體系前後一貫，故劉勰的批評理論亦歸本於「自然」。

其次，劉勰認為，寫文章的人，情動而辭發，發而為「文」。鑒賞文章的人，藉由文章的表現結果或表現效果，來理解作者為文的用心。也就是說，作者是否遵循歸本於「自然」的應然創作規範，是否表現了這些特定創作規範所提示的特定表現效果，皆可就文章的表現結果來觀察得知，故劉勰說：「沿波討源，雖幽必顯，世遠莫見其面，觀文輒見其心」。理論上是如此，實際從事於鑒賞活動時就往往不然。由一些歷史上的鑒賞事件就可看出，〈知音〉篇說：

> 然而俗監之迷者，深廢淺售，此莊周所以笑《折揚》，宋玉所以傷《白雪》也。昔屈平有言：「文質疏內，眾不知余之異采」；見異唯知音耳。

劉勰由此提出鑒賞活動的理想境界——知音。因此，所謂「沿波討源，雖幽必顯」，在鑒賞活動中即展示為一理想的批評境界。如何才能達到這樣的批評境界呢？〈知音〉篇說：「心敏則理無不達」，劉勰認為，鑒賞活動與創作活動一樣，最重要的仍是掌握主宰活動的本源——心。因此，劉勰在〈知音〉

〔註6〕這篇文章收錄於《中國文學批評》一書，蔡英俊、呂正惠主編（臺北：臺灣學生書局，1992年），第一集，初版，頁134。

篇提出了欲達到「知音」的鑒賞理想境界，覽賞者所應具備的一些主觀條件與客觀條件。

〈知音〉篇一開頭便針對鑒賞者的一些主觀條件有所要求，他說：

鑒照洞明，而貴古賤今者，二主是也。才實鴻懿，而崇己抑人者，班、曹是也。學不逮文，而信僞迷眞者，樓護是也；……夫篇章雜沓，質文交加；知多偏好，人莫圓該。慷慨者逆聲而擊節；醞籍者見密而高蹈；浮慧者觀綺而躍心；愛奇者聞詭而驚聽。會己則嗟諷，異我則沮棄，各執一隅之解，欲擬萬端之變。所謂東向而望，不見西牆也。

其中「信僞迷眞」一項何以會造成呢？可能是因爲鑒識不足，所造之的主觀偏見，如果是這樣，則博觀一點恰可以補救這一項的缺失。但總得說來，劉勰所說的「貴古賤今」、「崇己抑人」與「信僞迷眞」三項，比較側重就鑒賞者的主觀成見來立論，而這些可能發生的主觀成見，都是鑒賞者從事實際的鑒賞活動時必須先自我克服的難題。而「慷慨者逆聲而擊節；醞籍者見密而高蹈；浮慧者觀綺而躍心；愛奇者聞詭而驚聽。會己則嗟諷，異我則沮棄」則比較側重就鑒賞者的主觀偏好來立論，故劉勰說：「知多偏好，人莫圓該」。〈定勢〉篇說：「奇正雖反，必兼解以俱通」，又說：「若愛典而惡華，則兼通之理偏」，劉勰認爲，作家如果想要創造出成功的風格典範，奇體與正體要兼通；在創作態度上，也不能只愛典而惡華。對於批評鑒賞的活動也是如此，因爲批評鑒賞的價值是多元的，故劉勰說：「各執一隅之解，欲擬萬端之變。所謂東向而望，不見西牆也」。

其實劉勰關於鑒賞的一些偏見與私好的看法，大都前有所承，魏文帝曹丕的《典論‧論文》說：「文人相輕，自古而然」，其後又說：「常人貴遠賤近，向聲背實」，〔註7〕都與劉勰的說法相通。〔西晉〕葛洪在其所著《抱朴子》一書中，更進一步，用自然觀點來解釋這些現象，〈尙博〉篇說：

賞其快者必譽之以好，而不得曉者必毀之以惡，自然之理也。〔註8〕

他的〈廣譬〉篇也說：

貴遠而賤近者，常人之用情也。〔註9〕

〔註7〕 同註3，全三國文卷八，頁10。
〔註8〕 請參見〔晉〕葛洪，《抱朴子》（臺北：臺灣中華書局，1966年，四部備要中華書局據平津館本校刊），外篇卷三二，頁2下。

葛氏「賞其快者必譽之以好」之說，恰與劉勰「會己則嗟諷」之言互見。而葛氏「不得曉者必毀之以惡」，正與劉勰「深廢淺售」之說不謀而合。而這些鑒賞的主觀態度，也正如葛洪所說「常人之用情」，是不經理性反省的鑒賞態度。葛洪認為，這是「自然之理」。所謂「自然」，在這裏應指人之常情，乃就人之實然面來立論。而劉勰〈知音〉篇所主張「觀文者披文以入情，沿波討源，雖幽必顯，世遠莫見其面，觀文輒見其心」的鑒賞規律，則就應然面來立論。因此，劉勰到目前為止，所指出的這些消極的避忌，可視為是改善鑒賞活動之實然面的手段與努力，目的在達到「知音」境界的批評理想。

　　總的來說，劉勰認為，這些主觀的成見與偏尚都會影響批評的客觀性，故主張鑒賞者應先怯除這些主觀的成見與個人的偏好，而建立一種批評鑒賞的客觀態度，〈知音〉篇說：

> 凡操千曲而後曉聲，觀千劍而後識器；故圓照之象，務先博觀。閱喬岳以形培塿，酌滄波以喻畎澮，無私於輕重，不偏於憎愛。然後能平理若衡，照辭如鏡矣。

這種批評鑒賞的客觀態度，就是這裏說的「無私於輕重，不偏於憎愛」，劉勰把它視為是評文的基本態度。劉勰認為，這種評文客觀態度的養成，有賴於「博觀」，劉勰說：「凡操千曲而後曉聲，觀千劍而後識器；故圓照之象，務先博觀」，劉勰認為，一個文學鑒賞家如果看的文章多了，就比較能知道文章的艱難處，這樣一來，至少不會因個人的識見不足而深廢淺售。因此，博觀是充實鑒賞家文章鑒識的重要工夫。劉勰又認為，充實文章鑒識光靠博觀還不夠，因為博觀只能讓鑒賞家更深刻或更充分地來認識作品的優劣，但是不能正確地評價高下，故劉勰說：「閱喬岳以形培塿，酌滄波以喻畎澮」，這句話的意思是說，如果不先看過最高的山，就不能知道原來小山丘並不怎麼高；同理，如果鑒賞家不先認識第一流的文章作品，怎麼評價一般作品的高下呢？十九世紀的德國歌德曾自述其創作經驗說：

> 鑒賞力不是靠觀賞中等作品，而是要靠觀賞最好作品才能培育成的，所以我只讓你看最好的作品，等你在最好的作品中打下牢固的基礎，你就有了用來衡量其它作品的標準，估價不致於過高，而是恰如其分。〔註10〕

〔註9〕同註8，外篇卷三九，頁4下。
〔註10〕請參考朱光潛譯，《歌德對話集》（板橋：駱駝出版社，1991年），頁32。

歌德的話，恰可印證劉勰的理論。由中西對照可以看出彼此所關心的主題竟是這樣相通，而彼此的看法又正可互相印證或補充。

怎樣才能比較客觀地來評價文學作品呢？除了上面所列的「博觀」與「無私於輕重，不偏於憎愛」的客觀態度等主觀因素以外，劉勰還提出較具客觀性的評價標準，〈知音〉篇說：

> 是以將閱文情，先標六觀：一觀位體；二觀置辭；三觀通變；四觀奇正；五觀事義；六觀宮商，斯術既形，則優劣見矣。

這「六觀」之說，用以保證品評的客觀性，蔡英俊先生《「知音」探源》一文曾說：

> 「六觀」說的提出，更在於提供讀者進行鑒識活動的程序與步驟，以達到分判「優劣」的準確性：「沿波討源」一句，闡明了主觀的理解活動原有客觀的程序或準則可尋。這種方法論上的自覺，顯然突破了〈樂記〉、〈詩大序〉以降素樸的抒情主義的思考模式。循此而論，劉勰的〈知音〉篇與嵇康的〈聲無哀樂論〉，都具體反映了一種追求客觀的藝術表現的思想潮流，其重要性值得我們細究。〔註11〕

蔡氏指出，劉勰「六觀」理論在文學探索上的意義，一方面，批評方法論的自覺突破了傳統文論的格局；一方面，也反映了六朝文藝思想的強烈客觀精神。但是，劉勰〈知音〉篇中只標出「六觀」之名，並沒有進一步交代所謂「六觀」的實質內容。這樣一來，我們應該如何來理解劉勰的「六觀」之說呢？陸侃如與牟世金在兩人合著的《劉勰論創作》一書中說：

> 文學批評要怎樣「披文」才能「入情」呢？〈知音〉篇提出了「六觀」。所謂「六觀」，就是進行批評時要觀察作品的下列六個方面……。這六個方面基本上都屬於所謂「披文以入情」的「文」，文學批評就是要通過對這些「文」的考察，進而探索其所表達的「情」。這六個方面雖大都屬於表現形式方面，但這並不是劉勰的缺點。他自己說得很清楚：「將閱文情，先標六觀」。正是為了探索作品的「情」——思想內容，才主張先從這六個方面著手的。必須「披文」才能「入情」，只有通過「六觀」，才能看出由「文」所表現出來的「情」。這就是劉勰提出的「沿波討源」的批評方法的具體途徑。〔註12〕

〔註11〕同註6，頁134～135。
〔註12〕請參考陸侃如、牟世金，《劉勰論創作》（合肥：安徽人民出版社，1982年），

陸牟二氏之說，顯然是扣緊〈知音〉篇所提出的鑒賞規律來說的，用意在「沿波討源」，掌握作者爲文之用心，證諸劉勰的創作論各篇：「一觀位體」，〈定勢〉篇說：「因情立體」，又〈鎔裁〉篇說：「設情以位體」；「二觀置辭」，〈情采〉篇說：「情者文之經，辭者理之緯；經正而後緯成，理定而後辭暢，此立文之本源也」；「三觀通變」，〈通變〉篇說：「憑情以會通，負氣以適變」，「四觀奇正」，〈定勢〉篇說：「奇正雖反，必兼解以俱通」；「五觀事義」，〈附會〉篇說：「事義爲骨髓」，又〈體性〉篇說：「志實骨髓」；「六觀宮商」，〈聲律〉篇說：「吹律胸臆，調鐘唇吻」。上面這些例子正說明了情文之間的聯繫。

　　劉勰爲什麼要強調「沿波討源」的方法呢？因爲理解是評價的基礎，劉勰殆認爲，「六觀」可以幫助鑒賞者比較客觀地來掌握作者寫作文章的意圖，或說鑒賞者藉由「六觀」來客觀地了解作者在文章中到底要表達或表現些什麼東西，理解了這一層，再考察作者是否成功地表達或表現了這些東西，這樣一來，「六觀」才能眞正成爲評價文章優劣成敗的依據。由〈知音〉篇：「斯術既形，則優劣立見」的話可知，劉勰把「六觀」視爲是評價作品成敗優劣的標準。

　　由上面的討論，我們可以得到一個小的結論：劉勰認爲，「六觀」是詮釋作品的確定法則，而其詮釋的終極目標在作者爲文之用心，詮釋或理解是評價的基礎，故在劉勰看來，「六觀」既是詮釋作品的法則，亦是評價作品的標準。「自然」爲劉勰創作理論的中心觀念，用以指導與規範作者的創作。而「六觀」中隱含或預設了「自然」的觀念，也是必然的，因爲「六觀」既然是從他的創作理論中引生出來的，當然也與「自然」觀念脫離不了關係，因此，劉勰的批評理論也是本乎「自然」來立論的。

　　從「六觀」之名就以看出它與前面的創作理論之間有明顯的呼應關係，所以欲掌握劉勰「六觀」之說，就必須先理出它和創作理論之間的內在關聯。關於「六觀」的具體內容，周振甫先生說：〔註13〕

> 對一篇作品的鑒賞，他提出六觀說：一觀位體，作者根據所要抒寫的情理來確定體裁風格，讀者因此先看作品的體裁和風格。二觀置辭，作者是「情動而辭發」，讀者是「披文以入情」，所以要觀察文

───────────────────────────

二版，頁 30～31。

〔註13〕請參考周振甫，《文心雕龍今譯》〈知音〉篇之前的導言部分，（中華書局香港分局，1986 年），頁 428。

辭的安排。三觀通變，觀察作品是否「資於故實」，「酌於新聲」，就
是既借鑒前人作品，又加以變化。四觀奇正，「奇正雖反，必兼解以
俱通」，觀察作者怎樣執正馭奇的表現手法。五觀事義，觀察在「據
事以類義，援古以証今」上，是否顯示作品內容的豐富充實。六觀
宮商，觀察文章的音節美。

這「六觀」其實是根據劉勰創作論所提出來的，故可視為是其創作論的延伸。
就一觀位體來說，對作品的鑒賞首先掌握到它的文章風格，考察它是否違失
文學體裁的標準風格，〈風骨〉篇說：「《周書》云：『辭尚體要，弗惟好異』
蓋防文濫也」，〈奏啓〉篇也說：「立範運衡，宜明體要」，所謂「體要」，是指
文學體裁所要求的寫作要點。而每一種文學體裁的寫作要點，最終都會反映
到風格的因素上，故劉勰在〈定勢〉篇將各種文學體裁的標準風格都列出來，
其用意即在便於掌握，這在第四章第三節「文章風格的自然觀」已詳細的討
論過。證諸文體論各篇：〈頌讚〉篇說：「至於班、傅之《北征》《西巡》，變
為序引，豈不褒過而謬體哉？」的「謬體」之說；〈頌讚〉篇說：「其褒貶雜
居，固末代之訛體」的「訛體」之說；〈檄移〉篇說：「文不雕飾，而辭切事
明，隴右文士，得檄之體矣」的「得體」之說；〈議對〉篇說：「事實允當，
可謂達議體矣」的「達體」之說，這些都是在考察文章是否違失其標準風格
或創作體要，其用意在防文濫；鑒賞者同時可以洞察出，作者如何根據個人
的才情來實現這文體的標準風格，而展現出甚麼樣的個人文章風格；以及文
章是否有風格不統一的情況，如〈定勢〉篇所言之「雅鄭而共篇，則總一之
勢離」。這些恐怕都是劉勰「觀位體」所關心的問題。這樣一來，就與劉勰文
體論與創作論的〈體性〉、〈定勢〉等篇相關起來。

就二觀置辭而言，〈總術〉篇說：「凡精慮造文，各競新麗，多欲練辭，
莫肯研術」可見劉勰認為置辭有術，然而是否能「執術馭篇」（〈總術〉篇），
是否能表現「視之則錦繪，聽之則絲簧，味之則甘腴，佩之則芬芳」（〈總術〉
篇）的文章效果呢？就是觀置辭所要考察的東西了。劉勰認為，置辭若無術，
或運用不恰當，則文章就會表現「義華而聲悴，或理拙而文澤」，這樣一來，
觀置辭就與劉勰創作論文術問題整個相關起來，從字句的安排鍛鍊、篇章的
整體結構，以至各種局部修辭原則與表現技巧等，都包括在內。

這三觀通變來論，劉勰有〈通變〉篇。通變並沒有什麼定法。故〈通變〉
篇說：「通變無方」，如何變、變得巧妙與否，全在乎一己的才情，故〈通變〉

篇說：「憑情以會通，負氣以適變」。但是通變並不是亂變，其中仍有原則可尋，故劉勰提出了通變的原則。這樣一來，文章是否能「望今制奇，參古定法」，就成為「觀通變」所關心的問題。由此，評鑒者一來可以體察作者如何變、變得是否巧妙的用心，二來也可以考察作品是否能「望今制奇，參古定法」，是否植基於傳統，尤其以經典為根基的傳統；是否參考了當時人的新法，表現出與當時相應的社會情調，這在第四章第四節中已有所討論。以屈原作品為例，〈辨騷〉篇說屈原的作品能：「氣往轢古，辭來切今，驚采絕艷，難與並能矣」，劉勰把屈原作品視為是文學新變的典範，因為他是六經以下，第一個趨時通變成功的例子。

就四觀奇正來言，即觀所好、所習之體。劉勰非常強調兼通奇體正體的主張，〈定勢〉篇說：「奇正雖反，必兼解以俱通」。基於宗經之思想，劉勰提出「執正馭奇」的思想，劉勰在〈辨騷〉篇所說的：「酌奇而不失其真，玩華而不墜其實」意正同此。由此，評鑒者一來可以體察作者所好、所習之體，二來可以考察作品是否能「執正以馭奇」，是否能表現銜華佩實、文質彬彬文章效果，這在第四章第三節已有所討論。證諸〈定勢〉篇所言：「新學之銳，則逐奇而失正」，其關鍵在於不能「執正馭奇」。〈徵聖〉篇說：「辭成無好異之尤」，其關鍵正在於文家是否能「執正馭奇」。

就五觀事義來論，周振甫先生把它與劉勰的〈事類〉篇相關起來。但筆者以為似乎把它看得太過狹隘了，〈附會〉篇說：「事義為骨髓」，又〈體性〉篇說：「志實骨髓」，由此，事義一項似應廣義來說，指的是文章的思想內容。而文章思想內容的深刻與否，與學的工夫很有關係，故〈體性〉篇說：「事義淺深，未聞乖其學」，而用典與學的工夫也很有關係，〔註14〕所以周氏將事義與用事相關聯是很自然的事。不過用事似應屬於「二觀置辭」的部分，而應與「事義」分開。劉勰對於文章事義的要求，〈辨騷〉篇說「《離騷》之文，依經義」，此為依經立義之例；〈詮賦〉篇說：「夫京殿苑獵，述行序志，並體國經野，義尚光大」，此乃依體立義之例；又〈頌讚〉篇說：「及景純注《雅》，動植必讚，義兼美惡，亦猶頌之變耳」，此亦是依體立義之例。由此，評鑒者一來可以體察作者主要表達了甚麼思想內容，二來考察作品的思想內容是否深刻，是否依體立義，是否依經立義。

就六觀宮商來說，劉勰創作論有〈聲律〉篇，來專門討論文章聲律的問

〔註14〕請參考本論文第四章第二節第一目「三・用事之自然觀」部分。

題。〈聲律〉篇說：「聲畫妍蚩，寄在吟詠」，因此，提出「吹律胸臆，調鐘唇吻」的理論原則。又認爲文章聲律是有理可尋的，因此也提出創作聲律的一些基本原理。這樣一來，考察文章是否中律，鑒賞者除了可以根據聲律的基本原理來分判以外，還可以訴諸口吻是否文章能表現「聲轉于吻，玲玲如振玉；辭靡于耳，累累如貫珠矣」的聲律美效果。

中國文藝理論在表達評價時，容易落入「印象式的批評」之咎，〔註15〕劉勰提出「六觀」之說，使他的評論比較能免於「印象式的批評」之累，殆與其理論的體系性有關。由此可見，劉勰的批評理論的客觀性，顯然在中國文藝思想中是很突出的，但它對後代文論的影響似乎並不是很深遠。〔註16〕

第二節　鍾嶸批評的自然觀

鍾嶸已有建立批評標準的自覺，在其《詩品‧序》說：

> 觀王公搢紳之士，每博論之餘，何嘗不以詩爲口實。隨其嗜欲，商
> 榷不同，淄、澠並泛，朱、紫相奪，喧議競起，準的無依。〔註17〕

由「準的無依」一語，就可看出，鍾嶸已有積極地建立批評標準的自覺。《詩品‧序》又說：

> 陸機《文賦》，通而無貶；李充《翰林》，疏而不切；王微《鴻寶》，
> 密而無裁；顏延論文，精而難曉；摯虞《文志》，詳而博贍，頗曰知
> 言。觀斯數家，皆就談文體，而不顯優劣。至於謝客集詩，逢詩輒取；
> 張騭《文士》，逢文即書。諸英志錄，並義在文，曾無品第。〔註18〕

由「不顯優劣」與「曾無品第」之言，可以看出，鍾嶸意在建立起能夠評價優劣高下的批評準據。對於鍾嶸的評詩標準，王叔岷先生在《鍾嶸詩品箋證稿‧詩品導論》一文中提出六項，其中以「自然」爲批評理念者，有二項：一爲「重性情反對用典」；一爲「重自然音韻反對聲律」兩項，〔註19〕很明顯地，是扣緊了其創作的自然觀念而來的，然其著眼點卻在詩歌的評價問題上。

〔註15〕請參考岑溢成，〈從虛實論看中國古代文藝理論的性格〉，《當代》四六期，（臺北：合志文化事業股份有限公司，1990年），頁75。

〔註16〕同註6，頁133。

〔註17〕同註2，頁86。

〔註18〕同註2，頁100。

〔註19〕同註2，頁25～27。

　　第一，就「重性情反對用典」一點來說，鍾嶸《詩品·序》說：「至乎吟詠情性，亦何貴于用事？」。首先，就吟詠情性一點來論，站在批評立場上，鍾嶸重視詩歌作品的眞情流露，證諸鍾嶸實際評詩的例子：上品評古詩說：「意悲而遠，驚心動魄」；上品評李陵詩說：「文多悽愴，怨者之流。……生命不諧，聲頹身喪。使陵不遭辛苦，其文亦何能至此」；上品評王粲詩說：「發愀愴之詞」；上品評阮籍詩說：「頗多感慨之詞」；中品評計秦嘉、嘉妻徐淑詩說：「夫妻事既可傷，文亦悽怨」；下品評魏武帝、魏明帝詩說：「曹公古直，甚有悲涼之句」〔註 20〕等，由上面這些例子可知，鍾嶸認爲，詩歌是否能寫得眞情流露，是評價詩歌優劣成敗的重要標準。其次，就「反對用典」一點來論，筆者認爲，鍾嶸只是「不貴用典」，並不反對用典。因爲不用典未必就自然，而用典也未必就不自然。證諸其品評實例，《詩品·上品》的「宋臨川太守謝靈運詩」條下說：

> 嶸謂若人，興多才高，寓目輒書，内無乏思，外無遺物，其繁富宜哉！然名章迥句，處處間起，麗典新聲，絡繹奔會。譬青松之拔灌木，白玉之映塵沙，未足貶其高潔也。〔註 21〕

所謂「麗典」，麗有連義，意即用典之多。〔註 22〕鍾嶸認爲謝詩因爲「興多」，而能保住詩歌創作本源眞實性，詩歌吟詠情而不致捨本逐末；因爲「才高」，故用典雖多，而無損於他文章的價值，因此，鍾嶸仍把它列居於上品。可見，鍾嶸並不反對用典，關鍵在能否用得「自然」。另舉一例，可以更清楚地說明，用典的關鍵在「人」，而不在是否用典本身。《詩品·中品》的「宋光祿大夫顏延之詩」條下說：

> 尚巧似。體裁綺密，情喻淵深。動無虛散，一句一字，皆致意焉。又喜用古事，彌見拘束，雖乖秀逸，是經綸文雅才。雅才減若人，則蹈于困躓矣。〔註 23〕

鍾嶸評顏延之用典「彌見拘束」，顯見顏詩用典露斧鑿之痕，故見其拘束。不像謝靈運五言詩用得自然，麗典新聲，絡繹奔會，故說顏詩有違「秀逸」。劉勰在〈隱秀〉篇說秀句的寫作是「自然會妙，譬卉木之耀英華」，而某些「雕

〔註 20〕　同註 2，頁 129、140、160、165、209、324。
〔註 21〕　同註 2，頁 196。
〔註 22〕　同註 2，頁 202。
〔註 23〕　同註 2，頁 267。

削取巧」之作,就「雖美而非秀」了。可見,文章一露雕琢之痕,就稱不上「秀」了,又如何與論「自然」呢?鍾嶸又說:「雅才減若人,則蹈于困躓矣」,「若人」就是指顏延之,鍾嶸認為,以顏延之的經綸文雅之才,用典尚見拘束,若雅才不及顏氏者,後果就不堪設想了。可見用典多,終究是詩家所忌。故鍾嶸對於顏延之、任昉、謝莊、王融之用典,皆有貶辭,〔註 24〕我們以任昉為例,《詩品‧中品》的「梁太常任昉詩」條下也說:

> 善詮事理,拓體淵雅,得國士之風,故擢居中品。但昉既博物,動
> 輒用事,所以詩不得奇。少年士子效其如此,弊矣。〔註 25〕

由「昉既博物,動輒用事,所以詩不得奇」一句,可以看出,任昉用典必顯斧鑿之迹,故鍾嶸說他「詩不得奇」。六朝文論家,一般來說,也並不特別反對詩歌用典,但都強調文家用典要用得「自然」,如〔北齊〕顏之推《顏氏家訓‧文章》篇,引邢子才與北齊祖孝徵之語說:

> 邢子才常曰:沈侯(沈約)文章用事,不使人覺,若胸臆語也,深
> 以此服之。祖孝徵亦嘗謂吾曰:沈詩云「崖傾護石髓」,此豈似用事
> 耶?〔註 26〕

強調文章用事要「不使人覺,若胸臆語」。又劉勰也強調用事要用得「不啻自其口出」,〔註 27〕皆是其例。由此可見,鍾嶸認為,詩歌不貴用典,若用典就必須用得「自然」,而不露斧鑿之痕。

總的來說,鍾嶸評詩重視詩歌吟詠情性的特質,不貴用典,而表現詩歌之「自然英旨」。怎樣才能算「自然英旨」之作呢?《詩品‧序》說:

> 至乎吟詠情性,亦何貴于用事?「思君如流水」,既是即目:「高臺
> 多悲風」,亦惟所見;「清晨登隴首」,羌無故實;「明月照積雪」,詎
> 出經、史。觀古今勝語,多非補假,皆由直尋。顏延、謝莊,尤為
> 繁密,于時化之。故大明、泰始中,文章殆同書鈔。近任昉、王元
> 長等,詞不貴奇,競須新事,爾來作者,寖以成俗。遂乃句無虛語,
> 語無虛字,拘攣補衲,蠹文已甚。但自然英旨,罕值其人。詞既失

〔註 24〕 同註 2,頁 25～26。
〔註 25〕 同註 2,頁 306。
〔註 26〕 請參見王利器,《顏氏家訓集解》(臺北:漢京文化事業有限公司,1983 年),初版,頁 253。
〔註 27〕 此為劉勰〈事類〉篇語,詳情請參閱本論文第四章第二節第三目「用事之自然觀」。

高，則宜加事義，雖謝天才，且表學問，亦一理乎！〔註28〕
鍾嶸所謂「自然英旨」之作，就所舉之例來看，一說「羌無故實」、「詎出經、史」，旨在說明詩歌即使不用典故，亦能寫出「自然英旨」的作品，此與鍾嶸不貴用典的思想相通。一說「既是即目」、「亦惟所見」，旨在說明所謂「自然英旨」之作，就是表現宛如真實景物之在目前一般。而這樣的「自然英旨」之作，鍾嶸說：「多非補假，皆由直尋」，因其不顯雕鑿之痕，故說「非補假」，乃「由直尋」；鍾嶸說：「遂乃句無虛語，語無虛字，拘攣補衲，蠹文已甚」，因其顯雕琢之迹，故說「拘攣補衲，蠹文已甚」。〔宋〕朱弁《風月堂詩話》說：

> 顏謝摧輪，雖表學問，而太始化之，寖以成俗，當時所以有書鈔之
> 譏者，蓋為是也。大抵句無虛辭，必假故實，語無空字，必究所從，
> 拘攣補綴，而露斧鑿痕迹者，不可與論自然之妙。〔註29〕

由〔梁〕鍾嶸與〔宋〕朱弁之言，可以推知，詩歌以不露斧鑿痕迹為高，殆為中國詩歌傳統之共識。劉勰〈物色〉篇，專門探討「如何描寫自然景物？」的問題，他認為自然景物要寫得「瞻言而見貌，即字而知時也」，使文中的山水宛如真實景物在目一般。而這與當時「文貴形似」的文壇風氣有關，〈物色〉篇說：

> 自近代以來，文貴形似，窺情風景之上，鑽貌草木之中。吟詠所發，
> 志惟深遠，體物為妙，功在密附。故巧言切狀，如印之印泥，不加
> 雕削，而曲寫毫芥。

劉勰認為，南朝宋以來，對山水景物的描寫要求達到形似的效果。所謂「形似」，王國瓔先生在《中國山水詩研究》一書中，有很清楚的解釋，他說：

> 「形似」的「似」，就是指這種真實的幻覺而言，「形」則是指「形
> 象」。山水詩以眼前的實景為創作材料，以呈現山水景物的聲色形貌
> 之美為主要目的，當然不能脫離山水的「形象」。但凡「形象」必涵
> 攝兩方面：一即形象的本身，另一即形象所含蘊的精神素質。如果
> 忠於形象的外在描寫，必能得山水之形似，但若亦能巧取形象的精
> 神，則可兼得山水之神似。不論求形似或取神似，都不是機械刻板
> 的臨摹活動，而是一種藝術的創作活動。〔註30〕

〔註28〕同註2，頁93～97。
〔註29〕宋朱弁《風月堂詩話》（臺北：商務印書館，景印文淵閣四庫全書，集部詩文評類），卷上，頁1～2。
〔註30〕請參考王國瓔著，《中國山水詩研究》之第二部分的「壹、中國山水詩的形象摹擬」，（臺北：聯經出版事業公司，1986年），初版，頁300～301。

鍾嶸對那些能逼真描寫自然景物的詩家，都以善為巧似稱之。證以「三品」中的評詩實例，鍾嶸評「上品」張景陽詩說：「又巧構形似之言」。〔註31〕評「上品」謝靈運詩說：「雜有景陽之體，故尚巧似，而逸蕩過之」。〔註32〕評「中品」顏延之詩說：「尚巧似」，然鍾嶸下面引湯惠休評語說：「謝詩如芙蓉出水，顏如錯采鏤金」。〔註33〕由上面這些例子，可以看出，顏延之詩尚巧似而顯雕琢痕迹，而謝靈運詩則尚巧似而逼真自然。可見同為巧似，亦有優劣高下之判，顯然鍾嶸以巧似之逼真自然為高。六朝文學的創作，流行以山水景物為寫作題材或主題，可能因玄學之助，而特別發現了山川草木等自然事物之美。〔註34〕因而也要求文章中的自然景物也表現如真實一般栩然若真，因為文學創作畢竟需要經過人為，故以宛如天然真實為高，以見巧奪天工之妙。

第二，就「重自然音韻反對聲律」這點來說，根據本論文第四章第二節第五目「聲律的自然觀」的討論，可知鍾嶸所重視的是「清濁通流，口吻調利」的自然音韻。所反對的是「四聲八病」的人為聲律，因為站在創作的立場來論，以「四聲八病」為本，聲律創作轉拘形式，一旦形式走向末流，就很難有返回導正的機會，因為缺乏一個更高的導正準則。但是，如果站在批評的立場來論，文章聲律只要「清濁通流，口吻調利」，就是自然，即使是講究「四聲八病」者，也不能違反這個聲律準則。

證諸鍾嶸的批評實例，「上品」評張協詩說：「音韻鏗鏘，使人味之亹亹不倦」，〔註35〕可見鍾嶸評詩亦重音韻的和諧自然。「中品」評〔梁〕沈約詩說：「見重閭里，誦詠成音」。〔註36〕沈約倡聲病說，然鍾嶸仍評其文章深具聲律之美。可見鍾嶸反對「四聲八病」，實因拘於聲律的形式，會造成對當時個別作家的不利影響。又「中品」評〔宋〕鮑照詩說：「不避危仄，頗傷清雅之調」，〔梁〕蕭子顯《南齊書·文學傳論》說：「發唱驚挺，操調險急，雕藻淫豔，傾炫心魂。亦猶五色之有紅紫，八音之有鄭、衛，斯鮑照之遺烈也」。

〔註31〕同註2，頁185。
〔註32〕同註2，頁196。
〔註33〕同註2，頁267。
〔註34〕請參考徐復觀著，《中國文學論集》之〈自然與文學的根源問題〉（臺北：臺灣學生書局，1990年），五版，頁390。
〔註35〕同註2，頁185。
〔註36〕同註2，頁310。

〔註 37〕既「發唱驚挺」可見其詩歌亦具音律之美，只是鮑照操調不避危仄而已。六朝除了鍾嶸、劉勰主張文章聲律的和諧之美外，如蕭子顯《南齊書·文學傳論》也說：「輕唇利吻」，〔註 38〕可見鍾嶸以聲律的和諧自然爲評詩的標準之一，不是沒有原因的。

〔註37〕請參見蕭子顯，《南齊書》（臺北：鼎文書局，1975 年），卷五二，頁 908。
〔註38〕同註 2，頁 908～909。

第六章　結　論

羅根澤先生在《中國文學批評史》一書中說：〔註1〕

> 自鍾嶸看來，用事用典，宮商聲病，繁密巧似，都違反自然，矯正
> 的方法，當然也就是提倡自然。劉勰也提倡自然，但不以自然爲根
> 本觀念，鍾嶸《詩品‧序》裏深深的慨歎「自然英旨，罕值其人」
> 可見他所標榜的準的──即根本觀念──是自然。

羅氏認爲，劉勰論文並不以「自然」爲根本觀念，這個斷言並沒有經過論証；就本論文第三、四與五章的討論，殆可以推翻或修正羅氏的說法。

再者，本章將就以上各章的討論作一總的回顧，歸納出以下數點結論：

（一）關於「老莊思想中的自然觀念與六朝文論之異同」一點：六朝文論中的自然觀念與老莊所強調的「自然」，都是基於對現實的感懷，針對種種人爲造作的不自然而發，這樣的自然觀無疑地是具有理想意義的。他們皆從事物個別本性來論「自然」，重視事物的個性是六朝的思想潮流，同時也顯示出六朝的文學精神的特點。老莊強調事物的個別本性，所謂「事物」，當然也包括人在內。用意在使人能從事物本身來著眼，以事物本身爲目的，肯定事物本身的獨立價值，藉以超越世俗的相對價值與實用價值，六朝即由此來繼承老莊哲學中的藝術精神。六朝文論強調事物的本性，所謂「事物」，乃是一概括的說法，不過主要是就文學本身來說。六朝文學不再附屬於經學政教，而有其獨立存在的價值；文學的表現乃基於文學主體本身的眞情實感，而非牽繫於外在的實用功利目的。而文學要具有獨立地位的前提，必先肯定文學

〔註1〕請參考羅根澤著，《中國文學批評史》的第九章〈論詩專家之鍾嶸〉之『文學史上的自然主義』部分，（臺北：學海出版社，1980年），再版，頁139。

自身的本性。六朝文論界以宇宙規律來論文學創作的本性,來論文學中的「自然」觀念,故六朝文論中的自然觀乃為一宇宙規律義的「自然」,而老莊哲學中的「自然」是指生命境界的「自然」,兩者在論域上有所不同,不容混淆。

　　(二)關於「六朝玄學中的自然觀念與六朝文論之關聯」一點:六朝文論中強調事物本性的自然義,實可遠溯於莊子,而近參魏晉玄學諸家,魏晉玄學家非常強調順應事物本性的主張。至於六朝文論以宇宙規律言事物本性一點,當溯源於先秦以來的陰陽家,而近參魏晉諸家,六朝文論家都非常自覺地在掌握這文學存在的客觀規律。魏晉玄學家強調人事學習的自然義,六朝文論家也將文學技巧的學習視為是達到「自然」的必要手段,因此也非常強調,而這與六朝文學發展對語言技巧與聲律技巧的重視精神合轍。六朝文論提出文學具日新其業的本性,這對文學事業的開展非常重要。因為過去時代的文學典範,無論怎麼完美它仍是過去時代的文學典範,文學有時代性,新的時代應有新時代的文學典範,可見文學事業是開放的,而非封閉的,說明了每個時代的文學發展新創文學典範的重要意義,這同時也說明了文論中的「自然」觀念具無限性。六朝文論重視「崇本舉末」、「體用如一」的思考方式與強調文學本源的追探,而這兩點與六朝重視事物本性的思想關聯起來,說明了文論中的「自然」觀念亦具本源義。

　　(三)關於「文學存在的形上根據」一點:〔梁〕劉勰以「自然」言「道」,使「道」具有真實的意含。「道」具本源性、普遍性、無限性與自然性。而劉勰顯然側重在「道」的自然性方面來立論。筆者主要是透過道與文的關係,從三個方面來掌握「道」的理論意含:第一,「道」作為文學(釆)的存在根據。「道」作為文采存的終極根據,讓理論得以開始運作,同時也確立了文采存在的終極本源。並由此溯源式的理論建構,尋繹出劉勰「體用如一」、「舉本統末」的理論方法;第二,「道」作為文學的價值根據。「道」作為文學價值的最高根據,不但賦予文學一般性的價值地位,而且還把文學價植的多元性開放出來,對文學事業的發展性大有助益。劉勰還透過「道」塑造了文章的理想典範──「六經」,來作為指導文學創作的具體範例,也可藉此端正文學的方向;第三,「道」作為宇宙規律的根據。「道」作為宇宙規律的最終根據,而與「自然」觀念相關,使由「自然」觀念所確立的宇宙規律或文學創作規律,具有終極性與必然性,用意在建立其指導創作的應然規範。

　　(四)關於「文采存在的自然觀」一點:依劉勰的文論,「道」的自然性

落實在事物上，即表現爲事物的本性。自然界文采的存在本性是：「形立則章成矣，聲發則文生矣」，劉勰認爲它是一「天然」的規律；文學創作的存在本性是：「心生而言立，言立而文明」，劉勰認爲它是一「必然」的規律。劉勰即以此必然規律爲文學創作的應然規範與文學創作的總規律，可見此必然規律具理想義。相對於自然界的形文與聲文，文學中尚有對偶之文與聲律之文的存在。劉勰認爲對偶之文的存在本性是：「心生文辭，運裁百慮，高下相須，自然成對」，亦是一必然的規律；劉勰認爲聲律之文的存在本性是：「吹律胸臆，調鐘唇吻」，亦爲一必然規律。劉勰既將這些文學創作的必然規律視爲是文學創作的應然規範，則文學創作是否根據這些應然規範而來，就成爲判斷文學創作活動是否「自然」的標準。換句話說，文學創作是否自然，需要一個辨識標準，而這些創作的必然規律就是辨識的標準。可見，第三章的論述具有「體」的性質，而第四章第五章乃植基於第三章而來，可見其具有「用」的性質。筆者即以此來架構六朝文論中自然觀念的理論體系。

　　（五）關於「感物活動的自然觀」一點：主要的課題是：創作前審美經驗的必然與偶然。對於創作前審美經驗的必然方面：六朝文論家針對這個方面所發的議論相當得多，但總的來說，可以用劉勰感物活動的必然規律來予以概括，即劉勰〈明詩〉篇所說：「人稟七情，應物斯感，感物吟志，莫非自然」，它同時也可視爲是文學發生或文學起源的必然規律。而六朝這一必然規律的提出，其用意即在確保文學創作本源的眞實性，蓋在防文濫。怎樣才能確保文學創作本源的眞實性呢？六朝文論家提出虛靜與養氣之說。將「虛靜」視爲「自然」，顯然是承自老莊思想的基本觀念。而氣要怎樣養才自然呢？劉勰提出養氣的必然規律：「牽志委和，則理融而情暢；鑽礪過分，則神疲而氣衰，此性情之數也」。對於創作前審美經驗的偶然方面：即陸機的「天機」之說，用我們現代的話來說，也就是靈感的問題，因爲靈心的來去不可預期，故深具偶然性。

　　（六）關於文學表現之「整體結構的自然觀」一點：劉勰分別提出文章謀篇的必然規律爲：「必以情志爲神明，事義爲骨髓，辭采爲肌膚，宮商爲聲氣」；提出文章命意修辭的必然規律即：「情理設位，文采行乎其中」；提出安章造句的必然規律乃：「人之立言，因字而生句，積句而成章，積章而成篇。篇之彪炳，章無疵也；章之明靡，句無玷也；句之清英，字不妄也，振本而末從，知一而萬畢矣」。劉勰顯然把謀篇、命意修辭與安章造句，視爲是一結

構上整體，期能每個部分環環相扣，表現「首尾周密，表裏一體」的藝術效果。

（七）關於「比興之自然觀」一點：劉勰將比興合論，認爲比興技法的運用都必須預設「觸物圓覽」的思想基礎，即情與物的適然相會，而文學主體審美經驗的獲致必須深刻而飽滿，這裏其實隱含了感物活動的必然與應然的自然觀念。比興的區別，從創作過程來看，劉勰認爲，是由作者之志的不同而導致用比或用興的不同，這時比興是兩種不同的表現技巧，劉勰說：「比顯而興隱」。若從藝術效果來看，鍾嶸認爲，興爲「文已盡而意有餘」。可見在六朝文藝思想論比興較側重在表現技巧與藝術效果上來論。

（八）關於「秀句之自然觀」一點：劉勰指出文章秀句的必然規律：「心術之動遠矣，文情之變深矣，源奧而派生，根盛而穎峻」，指出秀句的產生乃文情心術變動之不可預期所致，因爲它不能由人爲思慮刻意求索而得。劉勰描述這種現象爲「萬慮一交」、「自然會妙」，謝靈運描述這種現象爲「神助」，用我們現代的話來說就是「靈感」，故劉勰所謂「自然」，就是神助天成的意思，帶有不可預期的偶然性。

（九）關於「用事之自然觀」一點：用事雖爲文章的表現手法，至六朝文論家似乎較側重從藝術效果方面來論其自然觀，刑子才認爲用典要用得「不使人覺，若胸臆語」，劉勰也認爲用典要用到「用人若己」、用到「不啻自其口出」的表現效果。

（十）關於「對偶之自然觀」一點：劉勰提出對偶創作的必然規律爲：「心生文辭，運裁百慮，高下相須，自然成對」，文章怎樣對偶才算自然呢？劉勰認爲「必使理圓事密，聯璧其章，迭用奇偶，節以雜佩，乃其貴耳」這樣的對偶寫作原則才是符合自然的，因爲它是植基於對偶創作的必然規律而來的。

（十一）關於「聲律之自然觀」一點：六朝文章講究聲律，六朝文論界對文章聲律的問題也頗多意見，〔梁〕沈約諸人制作析韻嚴密的「四聲八病」，一時爲創作與批評取定標準，後人稱爲人工或人爲音韻。〔梁〕鍾嶸基於現實的關懷，提出「文多拘忌，傷其眞美」的主張，反對人爲聲律的嚴密限制，後人則稱其主張爲「自然音韻」，他認爲文章聲律只要「清濁通流，口吻調利」即好，不必受「四聲八病」之拘限。不過鍾嶸這種主張，顯然較側重從藝術效果來論，對於實際的創作似乎並沒有什麼助益，因此，他的說法只達到批評的效果。劉勰的聲律說，則可視爲前面二說的調和或折衷，他一方面提出

文章聲律的必然規律：「吹律胸臆，調鐘唇吻」，與鍾嶸之說合轍；另一方面正視聲律技巧的重要性，提出創作聲律的基本原理。總的來說，六朝人為音韻的產生，長遠來看，對唐代律體之成立有準備與促進的作用，在文學史上自有其重要的意義；但對當時個別作家的創作而言，就會產生不利的影響，這是鍾嶸有識於當時看法，因為文學形式的成立，必須經過一長時期的試煉與修改，才能成為創作的最佳形式，貿然取定於某一形式的格套，恐怕會對大多數的作家造成不良的影響。

（十二）關於「文章風格的自然觀」一點：〔魏〕曹丕最先以氣稟觀點來解釋作者文章風格的塑造問題，因為氣乃稟之於天，故它雖非唯一的決定因素，但卻是造成文章風格差異的必然根據，這說明了所預設自然觀念的必然與天然。〔梁〕劉勰關於作者文章風格的自然觀，在於他提出塑造文章風格的必然規律：「情動而言形，理發而文見，蓋沿隱以至顯，因內而符外者也」。劉勰認為，文學主體的內在特質決定文章風格的差異，因為文章風格的塑造離不開主體的因素。劉勰認為文學主體內在特質的構成，主要包括了主客觀方面的因素，尤其是主觀方面的才氣因素所形成的個別特殊的情性，更是造成文章風格必然殊異的理論基礎。劉勰用自然的觀念來解釋文章風格的特殊面貌與文學主體的內在情性的關聯：為一必然因果關係，可見劉勰從根源處來掌握作家與風格之間最徹底的關聯。在文章風格的塑造過程中，這些主客觀的構成因素會隨著文學主體的所好、所習、所務而具體構成文學主體內在特質的差異與文學表現上的不同，筆者將文學主體的所好、所習、所務等因素，稱為文章風格塑造過程的主體因素。劉勰還提出塑造文章風格的客體因素為：各類文學體裁的主導風格，用意在預防文學主體因所好、所習、所務的偏差而導致文章風格的不統一。這些主體因素會具體影響文章表現策略的運用。劉勰認為，文章風格的形成與文章所運用的表現策略之間關係密切，劉勰由此提出文章風格形成的另一必然規律為：因情立體，即體成勢。劉勰並以自然觀念來解釋文章體勢的關係，亦為一必然的因果關係。可見劉勰鄭重正視了語言技巧或表現策略對文章風格形成的重要性，劉勰在這裏顯示強烈的創作指導的用意。

（十三）關於「文學通變的自然觀」一點：文學創作為什麼需要通變呢？劉勰由此提出文學發展的必然規律：「文律運周，日新其業」。劉勰這一必然規律的提出，不但說明了所預設自然觀念的無限性與普遍性，同時對於文學

本身的發展也有重要的意義。因為文學發展的規律既是日新其業，則文學價值應是開放的，任何時代新創的文學典型都有理由被重視，這對於後代文尚模擬、不喜創新之習有針砭之效。要怎樣通變才算自然呢？劉勰認為，通變要趨時，要講究變通，作家應該怎樣變通趨時呢？劉勰提出「望今制奇，參古定法」之說，可見劉勰的通變之術，仍較側重在表現技巧上的掌握。

（十四）關於「鍾嶸批評的自然觀」一點：鍾嶸的評詩標準中，預設或隱含以「自然」為批評理念者有兩項：其一是「重情性不貴用典」，其二是「重自然音韻反對聲律」。這兩項標準都牽涉到詩歌表現技巧的探討，可見六朝文論家對語言技巧的重視與關心。關於「重情性不貴用典」一點，鍾嶸標舉「自然英旨」為其所要求的藝術效果。在這裏所謂「自然英旨」含有三層意義：第一，詩歌作品表現真情實感，後代詩論每每有貴真之說；第二，即使用典也要用得不露斧鑿之痕，後代詩論也屢屢強調文章雕飾後的自然之說；第三，描寫外在景物時，詩歌效果須表現宛如真實景物之在目前一般，此與當時文尚巧似的流行風氣有關，後代詩論也很重視描寫自然界景物的逼真效果。關於「重自然音韻反對聲律」一點，鍾嶸認為，詩歌表現「清濁通流，口吻調利」就是自然。

（十五）關於「劉勰批評的自然觀」一點：在於劉勰提出文章鑑賞的必然規律：「綴文者情動而辭發，觀文者披文以入情，沿波討源，雖幽必顯，世遠莫見其面，觀文輒見其心」。這一必然規律顯示鑑賞活動的目的在得作者為文之用心，套用魏晉玄學家的術語，「得意」但不「忘象」，因為劉勰所提出的「六觀」之說：「一觀位體」、「二觀置辭」、「三觀通變」、「四觀奇正」、「五觀事義」、「六觀宮商」，就是針對文學作品本身的客觀掌握來說的。可見劉勰的批評理論不只於作者為文用心之理解，更在於作品優劣成敗的客觀評價。總的來說，劉勰的六觀之說較全面客觀但不具體，鍾嶸的批評標準則較具體但不夠全面。

關於在六朝文論中，「自然」一詞指的是什麼？在六朝文論中，「自然」一詞主要有七種意涵：

（一）指事物的本性或本真，亦含規律義：「本質」一詞是現代人的用法，是指事物存在的根本特性的意思。但用六朝時的話來說，「本質」就是「本性」。而「事物的本性」，在六朝文藝思想中，乃是「自然」一詞的基本含義。六朝的文論中，經常以不得不然的宇宙規律來規定「事物的本性」，這時「自然」

就具有必然的或客觀的規律義。六朝的文論中，也時常把這客觀或必然的宇宙規律，視爲是創作的應然規範，這時「自然」就含有價值的意味，我們稱之爲「事物的本眞」。這種用法最常見於〔梁〕劉勰，如劉勰〈原道〉篇說：「心生而言立，言立而文明，自然之道也」，所謂「自然」，就是指文學創作的本性或本眞，亦含規律義。又如〈明詩〉篇說：「人稟七情，應物斯感，感物吟志，莫非自然」，所謂「自然」，是指文學發生（或感物活動）的本性或本眞，亦含規律義。

　　（二）是必然的意思：「必然」是「自然」一詞的字面意思，在六朝文論中，「必然」又包含了二層意義：一指客觀規律之內在秩序的「必然」：這一層意思主要是從第一種意義中引申而來，這種用法最常見於〔梁〕劉勰，如劉勰〈麗辭〉篇說：「心生文辭，運裁百慮，高下相須，自然成對」，所謂「自然成對」，就是必然成對的意思，這裏的「必然」，指的是對偶創作客觀規律之內在秩序的「必然」。又如〈體性〉篇說：「表裏必符，豈非自然之恆資，才氣之大略哉」，所謂「自然」，是針對「表裏必符」一句來說的，用來解釋表裏之間必然符應的關係，而這層表裏的關係，又是承自前面的「情動而言形，理發而文見，蓋沿隱以至顯，因內而符外者也」的塑造文章風格的客觀規律而來，故所謂「必然」，應指的是客觀規律之內在秩序的「必然」。一指實然的「必然」：這種用法以〔西晉〕葛洪爲代表，其《抱朴子・鈞世》篇說：「古者事事醇素，今則莫不雕飾，時移世改，理自然也」，所謂「自然」，就是必然的意思，是基於對文學發展的現實狀況的認知而發的，故是實然的必然，非應然的必然。劉勰的所謂客觀規律之內在秩序的「必然」，其實就是一種應然的必然，因爲劉勰的創作規律是從應然面來立論。

　　（三）即偶然的意思：這是用來專指文章寫作靈感的問題，如劉勰〈隱秀〉篇說：「自然會妙，譬卉木之耀英華」，這裏劉勰用「自然」概念爲了解釋秀句之寫作「萬慮一交」的情況。〔梁〕鍾嶸《詩品・中品》之「宋法曹參軍謝專連詩」條下說：「康樂每對惠連，輒得佳語。後在永嘉西堂，思詩竟日不就，寤寐間，忽見惠連，如成『池塘生春草』，故嘗云：『此語有神助，非我語也』。這裏的「神助」一詞，正可用來解釋劉勰的「萬慮一交」。故所謂「自然」，就是「神助」或「天成」的意思，與靈感不可預期的偶然性是相通的。

　　（四）與「天然」一詞同義：這是「自然」的一般用義，如劉勰〈原道〉篇說：「夫豈外飾，蓋自然耳」，所謂「自然」，相對於人爲外力言，即爲天然

之意。又如南朝〔宋〕范曄〈獄中與諸甥姪書〉中說：「性別宮商，識清濁，斯自然也」，所謂「自然」，是指人的生理本性，與「天然」一詞同義。這裏所謂「天然」，指的是生而如此，不學而能的「自然」，相對於第一種意義的「自然」來說。第一種意義的「自然」，是必需經過人事學習才能成就的，故人事學習是達到這種「自然」的必要手段，以劉勰的說法爲例，〈體性〉篇的「贊」中說：「習亦凝眞，功沿漸靡」，所謂「凝眞」也就是定性的意思，因爲是經由後天人事學習而來，故說：「凝」而不說是「率」。如果說天生所稟之性是第一自然，則由習所凝定的性應是第二自然，這就是劉勰人事學習的自然義。

（五）指不露斧鑿痕跡的意思：這個意思的「自然」，比較側重在批評方面來立論。如鍾嶸論用典的「自然」，即強調用典要用得不露斧鑿之痕，其《詩品·序》說：「文章殆同書抄，……拘攣補衲，蠹文已甚，但自然英旨，罕值其人」，從「殆同書抄」、「拘攣補納，蠹文已甚」之言，顯示其文章已露斧鑿雕削之痕，又如何與論「自然」呢？

（六）有時也指宛如眞實景物之在目前的意思：這個意思的「自然」，也是比較側重在批評方面來立論的。如鍾嶸在《詩品·序》舉了許多他認爲「自然英旨，罕值其人」的作品，並認爲這些作品皆「即目」「所見」，旨在說明所謂「自然英旨」之作，就是表現宛如眞實景物之在目前一般。《南史·顏延之列傳》中引鮑照評謝靈運詩與顏延之詩的說法，說：「謝五言如初發芙蓉，自然可愛。君詩若鋪錦列繡，亦雕繢滿眼」，鮑照認爲謝靈運五言詩寫得「自然可愛」，宛如「初發芙蓉」，即就像眞實景物之在目前一般，所謂「自然可愛」，就是眞實可愛的意思；而顏延之的詩鋪錦列繡、雕繢滿眼，較顯人爲造作之力，故不如謝詩的眞實可愛。

（七）指人之常情：這乃是一般義的「自然」，如〔西晉〕葛洪《抱朴子·尚博》篇中說：「賞其快者必譽之以好，而不得曉者必毀之以惡，自然之理也」，又其〈廣譬〉篇也說：「貴遠而賤近者，常人之用情也」，這裏所說「常人之用情」，是不經理性反省的鑒賞態度。葛洪認爲，這是「自然之理」。所謂「自然」，在這裏應指人之常情，乃就人之實然面來立論。

上面所列的「自然」七義，從第一到第四種比較側重在本體論與創作論來立論，其中的前三義，應屬於文論領域中的專用義，而第四義則屬於一般用義。就專用義來看，從事物的本性，或從宇宙規律來言「自然」，從而建立

起文學創作的應然規範，這反映出六朝文論強烈的客觀精神，在知識的建構上，具有進步的意義。雖然六朝的文藝思想也論靈感創作的偶然性，但六朝文論家顯然並不十分重視，都儘量從文章創作的客觀規範方面來討論，但有時文學家的靈感問題無法抹煞，所以六朝文論家仍將它提出來。從第五到最後，則比較側重在批評方面來立論。其中的前兩義，應屬於文論領域的專用義，而最後一義乃屬於「自然」的一般用義。六朝文學批評所以特別強調「不露斧鑿痕跡」與「宛如真實景物之在目前一般」的自然審美觀，可能與六朝以山水景物為寫作題材或主題的流行風氣有關。也可能因玄學之助，而特別發現了山川草木等自然事物之美。因而也要求文章中的自然景物也表現如真實景物一般栩然若真，因為文學創作畢竟需要經過人為，故以宛如天然真實為高，以見巧奪天工之妙。

　　「自然」概念在不同的文論系統中，會有不同的意義。因此，「自然」一詞很能反映文論家的精神思維，如果能從這些特殊的精神思維中見出一般的思維特質，就能充分地來說明中國文論家思維精神的特質，對於中國傳統文論的共通特色的掌握很有幫助。同時它對於當代中國人如何去親近傳統的思維特質也是一個很好的線索，筆者期待由此能做出一點貢獻。雖然六朝文論的客觀精神不能算是中國文論的共通特色，但它卻標示出中國文論整個發展的可能方向或目標。這個方向或目標，對現代的科學精神來說，無疑是一致的。因為科學精神就是講究客觀，怎樣才能算客觀呢？這一套方法與客觀體系，由六朝文論家演出，格外值得中國人借鏡與學習。因為他畢竟是從自己的泥土中長出來的東西，最能展示中國人的思維特質。誠如劉勰〈通變〉篇所說的：「根幹麗土而同性，臭味晞陽而異品」，植基於傳統的土壤，由傳統所生出的力量去接受日新又新的現代薰陶，才能長出像樣的、和別人不一樣的東西來。對於現代文論體系的建構，傳統文論的借鏡正是文學研究者必須鄭重正視的，就像歌德說的：「植基於古代藝術，吸取其中的菁華」，〔註2〕這句話同樣適用於現代的文學研究。

〔註2〕請參考朱光潛譯，《歌德對話集》（板橋：駱駝出版社，1991年），頁105。

參考文獻

參考文獻的排列方式依年代先後順序，年代相同者，依作者姓氏筆劃爲次。

壹、

1. 《全上古三代秦漢三國六朝文》，嚴可均較輯（北京：中華書局，1991 年），一版。

2. 《文賦集釋》，〔西晉〕陸機撰，張少康集釋（臺北：漢京文化事業有限公司，1987 年），景印一刷。

3. 《抱朴子》，〔西晉〕葛洪撰（臺北：臺灣中華書局，四部備要中華書局據平津館本校刊，1966 年）。

4. 《世語新語箋疏》，〔南朝宋〕劉義慶撰，余嘉錫箋疏（臺北：華正書局有限公司，1989 年）。

5. 《敦煌遺書文心雕龍殘卷集校》，林其錟、陳鳳金校（上海：上海書店，1991 年），一版。

6. 《文心雕龍注》，范文瀾注（臺北：臺灣開明書店，1985 年），十六版。

7. 《鍾嶸詩品箋證稿》，〔梁〕鍾嶸撰，王叔岷箋證（臺北：中研院中國文哲研究所，1992 年），一版。

8. 《昭明文選》，〔梁〕蕭統著，〔唐〕李善注（臺北：河洛圖書出版社，1980 年），一版，全二冊。

9. 《昭明太子集》，〔梁〕蕭統著，陳宏天等標點（長春：吉林文史出版社，以北京中華書局四部備要聚珍本標點，1988 年），一版。

10. 《六臣注文選》，〔梁〕蕭統編，〔唐〕呂延濟等注（北京：中華書局，1987 年），一版，全三冊。

11. 《金樓子》，〔梁元帝〕蕭繹撰，〔清〕謝章鋌校（臺北：世界書局，四部

刊要，1975 年），再版。

12. 《顏氏家訓集解》，〔北齊〕顏之推撰，王利器注（臺北：漢京文化事業有限公司，1983 年），一版。

13. 《兩漢魏晉南北朝文學批評資料彙編之一》，柯慶明、曾永義編輯（臺北：成文出版社有限公司，1978 年），初版。

14. 《歷代詩話》，〔清〕·何文煥輯（臺北：漢京文化事業有限公司，1983 年），全二冊。

15. 《歷代詩話續編》，丁福保輯（臺北：木鐸出版社，1988 年），全三冊。

16. 《清詩話》，丁福保編輯（臺北：木鐸出版社，1988 年），初版。

17. 《清詩話續編》，郭紹虞編選，富壽蓀校點（臺北：木鐸出版社，1983 年），初版，全三冊。

18. 《中國歷代文論選》，郭紹虞選編（臺北：木鐸出版社，1987 年），初版，全三冊。

19. 《中國近代文論選》，郭紹虞、羅根澤主編（臺北：木鐸出版社，1988 年）。

20. 《中國古代文論類編》，賈文昭主編（福州：海峽文藝出版社，1990 年），第一版。

21. 《中國近代文論類編》，賈文昭編（合肥：黃山書社，1991 年），第一版。

22. 《兩漢文論譯注》，陳莊、張家釗、宋效勇譯注（北京：北京出版社，1988 年），一版。

23. 《文鏡秘府論校注》，〔日〕弘法大師撰，王利器校注（臺北：貫雅文化事業有限公司 1991 年），一版。

24. 《老子周易王弼注校釋》，樓宇烈校釋（臺北：華正書局，1983 年），初版。

25. 《莊子集釋》，郭象注，〔清〕郭慶藩編（臺北：木鐸出版社，1988 年），再版。

26. 《周易正義》，孔穎達正義（臺北：藝文印書館，十三經注疏南昌府學開本）。

27. 《禮記注疏》，孔穎達正義（臺北：藝文印書館，十三經注疏南昌府學開本）。

28. 《管子今註今譯》，李勉註譯（臺北：臺灣商務印書館，1988 年），初版。

29. 《呂氏春秋校釋》，陳奇猷校釋（臺北：華正書局有限公司，1988 年），初版，全二冊。

30. 《春秋繁露今註今譯》，賴炎元註譯（臺北：臺灣商務印書館，1984 年）初版。

31. 《淮南鴻烈集解》，〔西漢〕劉安撰，劉文典集解（北京：中華書局，1989

年），第一版。

32. 《嵇康集校注》，戴明揚校注（臺北：河洛圖書出版社，1978 年），一版。

33. 《阮籍集校注》，郭光校注（鄭州：中州古籍出版社，1991 年），一版。

34. 《三國志集解》，〔晉〕陳壽著，盧弼集解（北京：中華書局，1982 年），一版。

35. 《南史》，〔唐〕李延壽（臺北：鼎文書局，1976 年）。

36. 《南齊書》，〔梁〕蕭子顯（臺北：鼎文書局，1975 年）。

37. 《北齊書》，〔唐〕李百藥（臺北：鼎文書局，1975 年）。

貳

一、專　著

（一）自然觀念專題

1. 《中國文學中表現的自然和自然觀──以中世文學爲中心》，〔日〕小尾郊一著（東京：岩波書局，1962 年）。

2. 《中國文人的自然觀》，（德）W·顧彬（Wolfgang Kubin）撰，馬樹德譯（上海：上海人民出版社，1990 年），一版。

3. 《自然主義論》，Lilian R.Furst 等著，李永平譯（臺北：黎明文化事業股份有限公司，1986 年）。

4. 《自然的觀念》（The Idea Of Nature），〔英〕R.G.柯林武德（Collingwood），吳國盛、柯映紅譯（北京：華夏出版社，1990 年）。

5. 《自然法》，A. P.d'Entre'ves 著，李日章譯（臺北：聯經出版事業公司，1984 年），初版。

（二）專　家

1. 《文心雕龍研究專號》，饒宗頤編著（臺北：明倫出版社，1971 年），初版。

2. 《文心雕龍論文集》，鄭蕤著（臺中：光啓出版社，1972 年），初版。

3. 《文心雕龍札記》，黃侃著（臺北：文史哲出版社，1973 年），再版。

4. 《文心周龍綴補》，王叔岷著（臺北：藝文印書館，1975 年），初版。

5. 《文心雕龍批評論發微》，沈謙著（臺北：聯經出版事業公司，1977 年），初版。

6. 《譯註文心雕龍選》，郭晉晞譯註（臺北：文津書局翻印，1977 年），再版。

7. 《文心雕龍研究論文選粹》，王更生編纂（臺北：育民出版社，1980 年）。

8. 《劉勰與文心雕龍》，詹鍈著（北京：中華書局，1980 年），第一版。

9. 《文心雕龍文論術語析論》，王金凌著（臺北：華正書局，1981 年），一版。

10. 《文心雕龍譯注》，陸侃如、牟世金著（濟南：齊魯書社，1981 年），一版，全二冊。

11. 《文心雕龍》，黃叔林註，紀昀評（臺南：臺南東海出版社，1981 年）。

12. 《文心雕龍校釋》，劉永濟校釋（臺北：華正書局，1981 年），初版。

13. 《文心雕龍斠詮》，李曰剛著（臺北：國立編譯館中華叢書編審委員會，1982 年），全二冊。

14. 《劉勰論創作》，陸侃如、牟世金著（合肥：安徽人民出版社，1982 年），二版。

15. 《文心雕龍通識》，張嚴著（臺北：商務印書館，人人文庫，1982 年），五版。

16. 《文心雕龍校注拾遺》，楊明照著（上海：上海古籍出版社，1982 年）。

17. 《古典文學的奧秘——文心雕龍》，王夢鷗著（臺北：時報出版公司，1983 年），初版。

18. 《日本研究《文心雕龍》論文集》，王元化編選（濟南：齊魯書社，1983 年），第一版。

19. 《雕龍集》，牟世金著（北京：中國社會科學出版社，1983 年），一版。

20. 《文心雕龍的樞紐論與區分論》，藍若天著（臺北：臺灣商務印書館，人人文庫，1983 年），二版。

21. 《文心雕龍研究》，王更生著（臺北：文史哲出版社，1984 年），增訂再版。

22. 《興膳宏《文心雕龍》論文集》，彭恩華編譯（濟南：齊魯書社，1984 年），一版。

23. 《劉勰論寫作之道》，鍾子翱、黃安禎著（北京：長征出版社，1984 年），一版。

24. 《文心雕龍校証》，王利器校箋（臺北：明文書局，1985 年），二版。

25. 《文心雕龍論稿》，李淼、畢萬枕著（濟南：齊魯書社，1985 年），初版。

26. 《文心雕龍通詮》，張仁青著（臺北：明文書局，1985 年），一版。

27. 《文心雕龍論叢》，蔣祖怡著（上海：上海古籍出版社，1985 年），一版。

28. 《文心雕龍精選》，牟世金選譯（山東：山東大學出版社，1986 年），第一版。

29. 《文心雕龍今譯》，周振甫著（中華書局香港分局，1986 年），初版。

30. 《文心十論》，涂光社著（瀋陽：春風文藝出版社，1986 年），一版。

31. 《文心雕龍理論研究和譯釋》，杜黎均著（臺北：谷風出版社，1987 年），一版。

32. 《文心雕龍龍美學》，繆俊杰著（北京：文化藝術出版社，1987 年），一版。

33. 《文心雕龍讀本》，王更生注譯（臺北：文史哲出版社，1988 年）。

34. 《中國文學理論史〈六朝篇〉》，王金凌著（臺北：華正書局，1988 年），一版。

35. 《文心雕龍綜論》，中國古典文學研究會主編（臺北：臺灣學生書局，1988 年），一版。

36. 《劉勰年譜匯考》，牟世金著（成都：巴蜀書社，1988 年），第一版。

37. 《文心雕龍研究論文選》，甫之、涂光社主編（濟南：齊魯書社，1988 年），第一版。

38. 〈《文心雕龍》美學思想論稿〉，易中天著（上海：上海文藝出版社，1988 年），一版。

39. 《文心雕龍臆論》，陳思苓著（成都：巴蜀書社，1988 年），一版。

40. 《文心雕龍的風格學》，詹鍈著（臺北：木鐸出版社，1988 年），初版。

41. 《文心識隅集》，李慶甲著（上海：上海古籍出版社，1989 年），一版。

42. 《文心雕龍義證》，〔梁〕劉勰撰，詹鍈義證（上海：上海古籍出版社，1989 年），一版，全三冊。

43. 《文心雕龍論集》，陳耀南著（香港：現代教育研究社有限公司，1989 年），第一版。

44. 《劉勰》，劉綱紀著（臺北：東大圖書公司，1989 年），一版。

45. 《文心同雕集》戶田浩曉等著，曹順慶編（成都：成都出版社，1990 年），一版。

46. 《文心雕龍研究論文集》，中國文心雕龍學會選編（北京：人民文學出版社，1990 年），一版。

47. 〈文心雕龍與現代修辭學〉，沈謙著（臺北：益智書局，1990 年）。

48. 《文心雕龍語詞通釋》，馮春田編著（濟南：明天出版社，1990 年），一版。

49. 《劉勰和文心雕龍》，陸侃如、牟世金著（臺北：國文天地雜誌社，1991 年）。

50. 《文心雕龍新探》，張少康著（臺北：文史哲出版社，1991 年），一版。

51. 《文心雕龍研究》，穆克宏著（福建：福建教育出版社，1991 年），一版。

52. 《文心雕龍研究》，〔日〕戶田浩曉著，曹旭譯（上海：上海古籍出版社，1992 年），一版。

53. 《文心雕龍講疏》，王元化著（上海：上海古籍出版社，1992 年），一版。

54. 《文心雕龍國際學術研討會論文集》，日本九州大學中國文學會主編（臺北：文史哲出版社，1992 年），初版。

55. 《劉勰文學思想建構與精髓》，吳聖昔著（臺北：貫雅文化事業有限公司，1992 年）。

56. 《文心雕龍研究薈萃——《文心雕龍》1988 年國際研討會論文集》，饒芃子主編（上海：上海書店，1992 年），一版。

57. 《文心雕龍全譯》，龍必錕譯注（貴陽：貴州人民出版社，1992 年），第一版。

58. 《文心雕龍釋譯》，李蓁非著（南昌：江西人民出版社，1993 年），第一版。

59. 《抱朴子研究——葛洪的文學觀及其思想》，梁榮茂著（臺北：牧童出版社，1977 年），初版。

60. 《詩品注》，陳延傑注釋（臺北：臺灣開明書店，1981 年），八版。

61. 《鍾嶸詩品校釋》，呂德申著（北京：北京大學出版社，1986 年），一版。

62. 《文心雕龍與詩品》，禹克坤編著（北京：人民出版社，1989 年），一版。

63. 《鍾記室詩品箋》，古直箋（臺北：廣文書局有限公司，1990 年），再版。

64. 《詩品全譯》，〔梁〕鍾嶸著，徐達譯注（貴陽：貴州人民出版社，1990 年），一版。

65. 《鍾嶸和詩品》，梅運生著（臺北：國文天地雜誌社，1991 年），初版。

66. 《從鍾嶸詩品到司空詩品》，蕭水順著（臺北：文史哲出版社，1993 年），初版。

（三）斷　代

1. 《六朝文論》，廖蔚卿著（臺北：聯經出版事業公司，1978 年），一版。

2. 《漢魏六朝專家文研究》，劉師培講述（臺北：臺灣中華書局股份有限公司，1982 年），五版。

3. 《中古文學繫年》，陸侃如著（北京：人民文學出版社，1985 年），一版，全二冊。

4. 《中古文學史論》，王瑤著（臺北：長安出版社，1986 年），三版。

5. 《中古文學史論文集》，曹道衡著（北京：中華書局，1986 年），第一版。

6. 《中國文學理論史六朝篇》，王金凌著（臺北：華正書局有限公司，1988 年），初版。

7. 《魏晉南北朝文學批評史》，王運熙、楊明著（上海：上海古籍出版社，1989 年），一版。

8. 《六朝美學》，袁濟喜著（北京：北京大學出版社，1989 年），一版。

9. 《六朝文學論文集》，〔日〕清水凱夫著，韓基國譯（重慶：重慶出版社，1989 年），一版。

10. 《魏晉南北朝文學史參考資料》，北京大學中國文學史教研究室選注（北京：中華書局，1990 年），重排版，全二冊。

11. 《魏晉思想（甲編五種)》，湯用彤等著（臺北：里仁書局，1984 年）。

12. 《才性與玄理》，牟宗三著（臺北：臺灣學生書局，1985 年），七版。

13. 《郭象與魏晉玄學》，湯一介著（臺北：谷風出版社，1987 年）。

14. 《魏晉三大思潮論稿》，田文棠著（西安：陝西人民出版社，1988 年），第一版。

15. 《魏晉玄學史》，許抗生等著（西安：陝西師範大學出版社，1989 年），第版。

16. 《三國兩晉玄佛道簡論》，許抗生著（濟南：齊魯書社，1991 年），一版。

17. 《魏晉南北朝哲學思想研究概論》，許抗生著（天津：天津教育出版社，1991 年），一版。

18. 《理學・佛學・玄學》，湯用彤著（北京：北京大學，1991 年），一版。

19. 《魏晉玄學探微》，趙書廉著（安陽：河南人民出版社，1992 年），一版。

（四）通 論

1. 《中國文學批評史》，羅根澤著（臺北：學海出版社，1980 年），再版，此書於 1943 已刊行。

2. 《中國美學史大綱》，葉朗著（臺北：滄浪出版社，1986 年），初版，上下冊。

3. 《中國美學史》，李澤厚、劉綱紀主編（臺北：谷風出版社，1987 年），第二卷，一版。

4. 《中國美學思想史》，敏澤著（濟南：齊魯書社，1987 年），第一版，全三冊。

5. 《中國文學理論史》，蔡鐘翔、黃保眞、成復旺著（北京出版社，1987 年），一版。

6. 《中國文學批評史》，郭紹虞著（臺北：文史哲出版社，1988 年），此書於 1934 已刊行。

7. 《中國文學批評史》，劉大杰著（臺北：文匯堂），未註明出版年月。

8. 《新編中國哲學史》，勞思光撰（臺北：三民書局，1987 年），三版，第

一冊。

9. 《文論講疏》，許文雨著（臺北：正中書局，1937 年），初版。

10. 《中國藝術精神》，徐復觀著（臺北：臺灣學生書局，1966 年），初版。

11. 《中國文學理論》，劉若愚著，杜國清譯（臺北：聯經出版事業公司，1981 年），一版。

12. 《詩言志辨》，朱自清著（臺北：臺灣開明書店，1982 年），四版。

13. 《詩論新編》，朱光潛撰（臺北：洪範書店，1982 年），初版。

14. 《文論漫筆》，周振甫著（北京：光明日報出版社，1984 年），第一版。

15. 《鷗波詩話》，張夢機著，（臺北：漢光文化事業公司，1984 年），再版。

16. 《古代文學理論研究論文集》，王達津著（天津：南開大學出版社，1985 年），一版。

17. 《學不已齋雜著》，楊明照著（上海：上海古籍出版社，1985 年）。

18. 《莊子藝術精神析論》，顏崑陽著（臺北：華正書局有限公司，1985 年），初版。

19. 《中國山水詩研究》，王國瓔著（臺北：聯經出版事業公司，1986 年），初版。

20. 《文氣論研究》，朱榮智著（臺北：臺灣學生書局，1986 年），初版。

21. 《至情祇可酬知己》，李正治著（臺北：業強出版社，1986 年），初版。

22. 《中國古代藝文思想漫話》，徐壽凱著（臺北：木鐸出版社，1986 年）。

23. 《當代文學論集》，蔡源煌著（臺北：書林出版有限公司，1986 年）。

24. 《美學再出發》，朱光潛著（臺北：丹青圖書有限公司，1987 年），初版。

25. 《現代中國文學批評述論》，柯慶明著（臺北：大安出版社，1987 年），初版。

26. 《文史探微》，周勛初著（上海：上海古籍出版社，1987 年），一版。

27. 《中國古代文藝美學範疇》，曾祖蔭著（臺北：文津出版社，1987 年）。

28. 《古典詩文論叢》，顏崑陽著（臺北：漢光文化事業股份有公司，1987 年），二版。

29. 《文學與美學》，龔鵬程著（臺北：業強出版社，1987 年），再版。

30. 《讀詩隅記》，龔鵬程著（臺北：華正書局有限公司，1987 年），再版。

31. 《中國古代文論家評傳》，牟世金主編（鄭州：中州古籍出版社，1988 年），第一版，二冊。

32. 《政府遷臺以來文學研究理論及方法之探索》，李正治主編（臺北：臺灣學生書局，1988 年），初版。

33. 《文學美綜論》，柯慶明著（瀋陽：春風文藝出版社，1988 年），一版。

34. 《古今文論探索》，郁沅著（武漢：武漢出版社，1988 年），一版。

35. 《意義的探究》，張汝倫著，（新店：谷風出版社，1988 年）。

36. 《中國詩話史》，蔡鎮楚著（長沙：湖南文藝出版社，1988 年），一版。

37. 《現代美學》，劉文潭著（臺北：臺灣商務印書館，1988 年），十二版。

38. 《文學散步》，龔鵬程著（臺北：漢光文化事業股份有限公司，1988 年），四版。

39. 《抒情傳統與政治現實》，呂正惠著（臺北：大安出版社，1989 年），初版。

40. 《中國文化之精神價值》，唐君毅著（臺北：正中書局，1989 年），二版。

41. 《古典文藝美學論稿》，張少康著（臺北：淑馨出版社，1989 年），一版。

42. 《中國文學藝術精華》，〔美〕劉若愚著，王鎮遠譯（合肥：黃山書社，1989 年），一版。

43. 《語言文學與心理學論集》，詹鍈著（濟南：齊魯書社，1989 年），一版。

44. 《文選學》，駱鴻凱著（北京：中華書局，1989 年），第一版。

45. 《詩論》，朱光潛著（臺北：國文天地雜誌社，1990 年），初版。

46. 《中國詩的追尋》，李正治著（臺北：業強出版社，1990 年），修訂再版。

47. 《勢與中國藝術》，涂光社著（北京：中國人民大學出版社，1990 年），第一版。

48. 《中國文學論集》，徐復觀著（臺北：臺灣學生書局，1990 年），五版。

49. 《中國文學批評的理論與實踐》，張雙英著（臺北：國文天地雜誌社，1990 年），初版。

50. 《比興物色與情景交融》，蔡英俊著（臺北：大安出版社，1990 年），一版。

51. 《文學批評的視野》，龔鵬程著（臺北：大安出版社，1990 年），一版。

52. 《中國古代文學創作倫》，張少康著（臺北：文史哲出版社，1991 年），一版。

53. 《文轍──文學史論集》，饒宗頤著（臺北：臺灣學生書局，1991 年），一版，全二冊。

54. 《中國古代文論精粹談》，牟世金著（濟南：齊魯書社，1992 年），第一版。

55. 《神與物遊──論中國傳統審美方式》，成復旺著（臺北：商鼎文化出版社，1992 年），一版。

56. 《中國文學批評》，蔡英俊、呂正惠主編（臺北：臺灣學生書局，1992 年），第一集，初版。

57. 《文論散記》，周振甫著（北京：學苑出版社，1993 年），第一版。

（五）外國文論

1. 《文學論》，韋勒克、華倫著，王夢鷗、許國衡譯（臺北：志文出版社，1987 年），再版。

2. 《走向科學的美學》，美・托馬斯・門羅（Thomas Munro）原著，安宗昇譯（臺北：五洲出版社，1987 年）。

3. 《詩學箋註》，亞里士多德著，姚一葦譯註（臺北：國立編譯館，1989 年），十版。

4. 《文學理論》，Rene & Wellek 著，梁伯傑譯（臺北：水牛圖書出版事業公司，1991 年），三版。

5. 《歌德對話集》，朱光潛譯（板橋：駱駝出版社，1991 年）。

6. 《柏拉圖文藝對話集》，朱光潛譯（板橋：駱駝出版社，1992 年）。

7. 《詩與畫界限》（Laaokong），萊辛著，朱光潛譯（板橋：駱駝出版社）。此書原名《拉奧孔》，原由（北京：人民文學出版社）所出，1979 年，第一版。

8. 《西方美學家論美與美感》，朱光潛編譯（臺北：天工書局，1988 年），初版。

9. 《哲學講話》，J. M. Bochenski 原著，王弘五譯（臺北：鵝湖出版社，1988 年），七版。

10. 《敘事話語》，熱奈特著，王文融譯（北京：中國社會科學出版社，1990 年），第一版。

11. 《敘事虛構作品》，（以色列）里蒙—凱南著，姚錦清等譯（北京：三聯書店，1989 年），第一版。

二、期刊論文

1. 《談我國古代詩論中的自然說》，吳汝煜著，《文藝理論研究》三期（南昌：江西人民出版社，1980 年）。

2. 《論劉勰的「自然之道」》，蔡鐘翔著，《文心雕龍學刊》第一輯（濟南：齊魯書社，1983 年）。後收錄於《文心雕龍研究論文集》（北京：人民文學出版社，1990 年），一版。

3. 《自然之道與聖人之道——也談《原道》之「道」》，陸家桂著，《蘇州大學學報》三期（1984 年）。

4. 《論《文心雕龍・物色》篇及齊梁文學的自然觀》，〔日〕小尾郊一著，《中華文史論叢》第二輯（上海：上海古籍出版社，1985 年 6 月）。

5. 《古代文學理論中的自然論》，蔡鐘翔著，《古代文學理論研究》第十輯（上海：上海古籍出版社，1985 年 6 月）。

6. 《自然》，顏崑陽著，《文訊月刊》十九期（臺北：文訊月刊雜誌社，1985年 8 月）。《劉勰的自然觀點及其文學理論》，馮春田著，《東岳論叢》二期（濟南：山東人民出版社，1986 年）。

7. 〈試論中國文學理論中的自然〉，高美華著，《嘉義師院學報》二期（嘉義：省立嘉義師範學院，1989 年）。

8. 〈陸機論文學的創作過程〉，張亨著，《中外文學》一卷八期（臺北：中外文學月刊社，1973 年 1 月）。

9. 〈從文學現象與文學思想關係談六朝「巧構形似之言」的詩（上）〉，廖蔚卿著，《中外文學》三卷七期（臺北：中外文學月刊社，1974 年 12 月）。

10. 〈從文學現象與文學思想關係談六朝「巧構形似之言」的詩（下）〉，廖蔚卿著，《中外文學》三卷八期（臺北：中外文學月刊社，1975 年 1 月）。

11. 〈中國山水詩的特質〉，林文月著，《中外文學》三卷八期（臺北：中外文學月刊社，1975 年 1 月）。

12. 〈道家的「無」底智慧與境界形態的形上學〉，牟宗三著，《鵝湖》四期（臺北：鵝湖月刊雜誌社，1975 年 10 月）。

13. 〈文學研究的理論基礎〉，高友工著，《中外文學》七卷七期（臺北：中外文學月刊社，1978 年 12 月）。

14. 〈魏晉六朝文論佚書鉤沈〉，王更生撰，《幼師學誌》十五卷三期（臺北：幼獅學店，1979 年 6 月）。

15. 〈文學創作與批評的哲學考察〉，曾昭旭著，《鵝湖月刊》六卷五期（臺北：鵝湖月刊雜誌社，1980 年 11 月）。

16. 〈從莊子「魚樂」論道家「物我合一」的藝術境界及其所關涉諸問題〉，顏崑陽著，《中外文學》十六卷七期（臺北：中外文學月刊社，1987 年 12 月）。

17 〈「本質」與「存在」及其異同之研究（上）〉，曾仰如著，《哲學與文化》十五卷三期（臺北：哲學與文化月刊社，1988 年 12 月）。

18. 〈中國語言文字對詩歌的影響〉，高友工著，《中外文學》十八卷五期（臺北：中外文學月刊社，1989 年 10 月）。

19. 〈論王弼的「自然主義」〉，劉金山撰，《中國哲學史研究》四期（北京：中國社會科學出版社，1989）。

20. 〈從虛實論看中國古代文藝理論的性格〉，岑溢成著，《當代》四六期（臺北：合志文化事業股份有限公司，1990 年 2 月）。

21. 〈研究中國文學批評作品所會面對的問題〉，楊松年著，《中外文學》二十卷二期（臺北：中外文學月刊社，1991 年 7 月）。

22. 〈文心雕龍「道」義證析〉，李建福著，《興大中文學報》五期（臺中：國立中興大學中國文學系，1992 年 1 月）。

23. 〈文學評論何去何從〉，蔡源煌著，《文訊雜誌》七七期（臺北：文訊月刊雜誌社，1992 年 3 月）。

24. 〈試論鍾嶸《詩品》的一個審美範疇──奇〉，曾守正著，《鵝湖月刊》六卷五期（臺北：鵝湖月刊雜詩社，1992 年 4 月）。

25. 〈四十年來文學研究理論之探討〉，李正治著，《文訊雜誌》七九期（臺北：文訊月刊雜誌社，1992 年 5 月）。

26. 〈六朝文學審美論探究〉，鄭毓瑜著，《中外文學》二一卷五期（臺北：中外文學月刊社，1992 年 10 月）。

27. 〈嵇康的思維方式與魏晉玄學〉，岑溢成著，《鵝湖學誌》九期（臺北：鵝湖月刊雜誌社，1992 年 12 月）。

28. 〈阮籍的自然觀〉，戴璉璋著，《中國文哲研究集刊》三期（臺北：中央研究院中國文哲研究所，1993 年 3 月）。

29. 〈談古典詩歌中興發感動之特質與吟誦之傳統〉，葉嘉瑩著，《中外文學》二一卷十一期（臺北：中外文學月刊社，1993 年 4 月）。

30. 〈王弼之「名」「稱」與名稱的兩種使用〉，岑溢成著（臺北：中國文化大學哲學研究所主辦，第二屆國際東西哲學比較研討會，1993 年 6 月）。

31. 〈開出「生命美學」的領域〉，李正治撰，《國文天地》九卷九期（臺北：萬卷樓圖書有限公司，1994 年 2 月）。

32. 〈中國美學的儒道釋側面解讀〉，蕭振邦著，《國文天地》九卷九期（臺北：萬卷樓圖書有限公司，1994 年 2 月）。

三、論文集論文

1. 〈《文心雕龍》的自然觀──探本溯源〉，興膳宏撰，彭恩華譯，收在《日本研究文心雕龍論文集》一書，王元化編選（濟南：齊魯書社，1983 年 4 月），一版，

2. 〈關於《文心雕龍》的自然和神理的思想傾向與淵源的探討〉李淼著，收入《文心雕龍論稿》，李淼、畢萬忱合著（濟南：齊魯書社，1985 年 9 月），一版。

3. 〈從「呂氏春秋」到「文心雕龍」──自然氣感與抒情自我〉，龔鵬程著，收在《文心雕龍綜論》一書，中國古典文學研究會主編（臺北：臺灣學生書局，1988 年），一版，

4. 〈劉勰自然論試論〉，曹礎基著，《學術研究》三期（廣東人民出版社，1989 年），後收錄於《文心雕龍研究薈萃》一書，饒芃子主編（上海：上海書店，1992 年），一版，

5. 〈自然與文學的根源問題〉，徐復觀著，收在《中國文學論集》一書，（臺北：臺灣學生書局，1990 年），五版。

6. 〈劉勰的自然與自然之道說淺探〉，卓支中著，收在《文心雕龍研究薈萃》一書，饒芃子主編（上海：上海書店，1992 年），一版。

四、學位論文

1. 《魏晉南北朝文論佚書鈎沈》，劉渼撰，國立臺灣師範大學國文研究所碩士論文，王更生先生指導，1990 年 6 月。

2. 《魏晉玄學的自然觀與自然美學研究》，林朝成撰，國立台灣大學哲學研究所博士論文，嚴靈峰、張永儁先生指導，1992 年 6 月。

3. 《宋代詩學創作之自然觀研究》，張霖撰，國立中央大學中文研究所碩士論文，張夢機先生指導，1992 年 6 月。

4. 《莊子自然主義之研究》，顏崑陽撰，國立台灣師範大學國文研究所集刊第二十號抽印本，1976 年 6 月。

5. 《六朝詠懷組詩研究》，李正治撰，國立台灣師範大學國文研究所碩士論文，邱燮友先生指導，1980 年 6 月。

6. 《魏晉儒道會通思想之研究》，顏國民撰，國立臺灣師範大學國文研究所碩士論文，牟宗三先生指導，1986 年。

7. 《六朝文學體裁觀念研究》，盧景商撰，國立中央大學中文研究所碩士論文，岑溢成先生指導，1990 年 6 月。

8. 《六朝美學中的形神思想之研究》，呂昇陽撰，國立中央大學中文研究所碩士論文，曾昭旭先生指導，1992 年 6 月。

9. 《莊子「技進於道」美學意義之探究》，林翠雲撰，國立中央大學中文研究所碩士論文，顏崑陽先生指導，1992 年 6 月。